脳科学捜査官　真田夏希

ヘリテージ・グリーン

鳴神響一

角川文庫
23004

第一章　北条義時法華堂跡

【1】　@二〇二一年一月一日（金）

いやもう大変な人出だ。

元日の昼前、真田夏希《さなだなつき》は鎌倉《かまくら》の鶴岡八幡宮《つるがおかはちまんぐう》に初詣《はつもうで》に来ていた。

本宮の拝殿で賽銭《さいせん》を投じ、夏希は柏手《かしわで》を打った。

八幡神に内心で願うは……婚活の成就ではなかった。

第一は父や母、兄、自分の健康、二番目には今年は嫌な事件が起きないようにとの願いだった。

茶色いウールの和服を着て、隣で柏手を打つ小川祐介《おがわゆうすけ》はなにを願っているのだろう。

拝殿の左右には無数の絵馬が掛かっている。

だが、絵馬を買って奉納するゆとりはなかった。

江戸《えど》時代に建てられたという朱塗りの拝殿は善男善女でごった返していた。

鎌倉駅からここへ辿《たど》り着くまでにどれほどの時間が掛かっただろうか。

鎌倉警察署や本部警備課などの制服警官らがロープで参道を区切り、一定間隔で開け閉めする。その間の参詣客《さんけい》の「かたまり」が次のステップに進むことができる。

「まもなくロープが上がります」

若宮広場に駐《と》まっている警察車輌の上でマイクを手にした女性警官が指示をアナウンスしている。

ホイッスルが響いてロープが上がる。

「走ったり押したりしないでください」

参詣客は比較的素直に指示に従い、大きな混乱は見られなかった。

拝殿の前に立つまでこんなことを何度繰り返したか夏希は覚えていなかった。

神奈川県内の寺社に初詣に来るのは初めてのことだ。

例年は函館《はこだて》の実家に帰るのだが、暮れに父が風邪を引いてしまった。

心配な状況ではなかったが、両親は伝染《うつ》すといけないから帰ってくるなと伝えてきた。

そんなことは五年くらい前にもあったが、珍しいことではあった。

この年末年始を夏希は戸塚《とつか》の舞岡《まいおか》の丘に建つマンションで過ごすことになった。

谷地頭《やちがしら》の実家は函館山の南東麓《なんとうろく》に位置する。

数百メートルの位置には一五世紀の創建という函館八幡宮が鎮座している。

函館では古い由緒ある神社なので、真田家の初詣はいつもそこだった。

暮れの二七日に海岸《かいがん》通りの県警本部で小川から初詣に誘われた。

正月を一人で過ごした経験の少ない夏希は、なんとなく淋《さび》しくなって小川の誘いに乗った。

逆に言えば、年末年始に自分を誘ってくれたのは小川だけだったわけだ。

当の小川は隣で神妙な顔をして手を合わせている。

小川は夏希と同じ神奈川県警本部刑事部の鑑識課警察犬係に勤務する巡査部長である。

残念ながら相棒のアリシアを初詣に連れてくることはもちろんできないが……。

科捜研の心理分析官として、小川と事件に立ち向かったことは何度あったろうか。

二人とも原則は日勤なので国民の祝日である元日は公休日である。

明日《あした》は土曜日だし、捜査本部でも開かれない限り三が日は休みだ。

鶴岡八幡宮は鎌倉幕府を開いた源頼朝《みなもとのよりとも》が、鎌倉の街造りの中心として築いた神社である。頼朝は鎌倉に居を構えると、由比郷《ゆいごう》にあった社を小林郷北山《こばやしごうきたやま》と呼ばれていたこの地に遷座して豪華な社殿を建てた。源氏の守り神としての性質を持っているので、源氏を名乗る徳川《とくがわ》氏にも大切に扱われてきた。

初詣では川崎《かわさき》大師の約三〇〇万人には及ばないものの約二五〇万人と県下第二位の人出を誇る。

毎年、初詣は鶴岡八幡宮と決めている家族も少なくないそうだ。

去年もつつがなく過ごせた。鶴岡八幡宮に初詣に行ったおかげだ。

今年も初詣に行かなければ悪いことが起きるのではないか。

どこの寺社でも同じことなのだが、そう思いたい心理は、理解できないわけではない。

このような心理は、ジンクスなどと同じ「認知バイアス」の一種として説明できる。

認知バイアスは、人間がものごとを判断するときに直感やいままでの経験によって合理的判断にゆがみが生ずる現象をいう。

たくさんの人が選択している判断は正しいものだと思い込む「バンドワゴン効果」や、あるものの特定の点への評価がそのものが有する因果関係のないすべての点の評価に影響を与える「ハロー効果」など、いくつかの類型を内包している上位概念である。

前者は、流行して大勢の人が買っているブランドは品質もすぐれていると思うこと。後者は、イケメンは性格もいいと思い込むことなどが例として挙げられよう。

参拝を済ませても簡単には退出できそうになかった。

往路のようなロープ規制はないが、それでも境内から出るためには拝殿東側の石段を下りる大勢の人の列に続く必要があった。

石段の上からは、三の鳥居の向こうに由比ヶ浜の海が見えた。

濃い藍色《あいいろ》の海が遠くにくっきりとひろがっている。

視線を眼下に移すと、若宮《わかみや》と呼ばれる下宮の銅葺《ぶ》きの屋根が見える。さらに広場の中心には灰色の瓦《かわら》を載せた舞殿《まいでん》が華麗な姿を見せていた。

ふたりは東側の石段を下り始めた。

「真田は振袖《ふりそで》じゃないんだな……」

ちょっと悔しそうな小川の声だった。

「今年からちゃんと真田さんと呼びなさい」

年も同じくらいで階級もひとつ下なのに小川はいつも夏希のことを呼び捨てにする。

小川は不明瞭《ふめいりよう》な発声でもごもごとつぶやいた。

「あのね、晴れ着を着るのがどんなに大変かわかってないでしょ」

夏希はあきれ声を出した。

「でもさ、振袖着ている人多いよ」

たしかにまわりには二〇歳前後のたくさんの女性の華やかな振袖姿が目立つ。

「若い子はいいの。それがレクリエーションなんだから」

なんとなく尖《とが》った声を夏希は出した。

小川が似合わぬ和服を身にまとっているのは、夏希が振袖を着てくると思っていたからなのか。美容院にも行かなければならないし、そんな手間暇掛けてまで初詣に来たくはなかった。

今日着てきた濃いチョコレート色のダウンコートだってかなりのお気に入りなのだ。

人混みのなか、ようやくのことで小町《こまち》通りまで戻ってこられた。

「あ、そうだ、いつかこの近くのレストランで食べた鹿肉のローストが美味《おい》しかったんだ。エゾジカなんだけど、小川さんはジビエは大丈夫？」

夏希の提案に小川はぶっきらぼうに答えた。

「シカだって、イノシシだって、クマだって食えるよ」

この態度が通常モードだということを夏希はとっくに知っていた。

「じゃ、決まりだね」

夏希は弾んだ声を出した。

エゾジカととびきりの赤ワインは最高のマリアージュだ。

楽しい時間を過ごせそうではないか。

そのときである。

小川のふところでスマホが鳴動した。

ダース・ベイダーのテーマ曲だ。

小川は舌打ちして電話を取り出した。

「……わかりました。すぐに出動します」

どうやら新年早々仕事が入ったらしい。

「仕事？」

気の毒になって夏希は訊《き》いた。

「ああ、この鎌倉市内で爆発だってさ」

「鎌倉で爆発！」

新年早々なんてことだろう。

「事件性がありそうなんだ。アリシアを連れて臨場しろって係長の下命だよ」

小川は口を尖らせた。

今度は本当に不機嫌そうだ。

「アリシアに会えるのね、うらやましい」

「馬鹿、仕事だよ。でも、この着物じゃしょうがないから、いったん家に帰って着替えてから戸塚の訓練所に向かうよ。とりあえずは駅へ向かおう」

ふてくされたような声で小川は言った。

「残念だね、ゆっくりご飯していこうかと思ったのに」

実際に残念だった。

小川を帰してひとりで飲食店に入る気にはなれなかった。

まわりはカップルと家族連れだらけだ。

こんなところでどこの店に入ろうと、ひとりでは淋しさが募るばかりだ。

一緒に横須賀《よこすか》線に乗るしかない。

商店街のラウドスピーカーから流れる箏曲《そうきょく》がむなしく夏希のこころに響いた。

【2】@二〇二一年一月二日（土）

翌朝早々に掛かってきた中村《なかむら》心理科長の電話で、夏希は鎌倉署の捜査本部に直行するようにとの命令を受けた。

小川が急行した爆破事件の犯人を名乗る者から県警相談フォームに脅迫的なメッセージが投稿されたとのことだった。

例によって中村科長は詳しいことを教えてくれなかった。

鎌倉警察署を訪れるのは、昨年夏のオレンジ☆スカッシュ事件以来、二度目だった。

若宮大路沿いの明るくきれいな三階建ての建物は、石造りの一の鳥居のすぐ近くにあった。

三階の会議室に上がってゆくと、「鎌倉市内寺院遺跡爆破事件捜査本部」との掲示が出ていた。

「おめでとうございます。今回もいち早く真田先輩のご登場ですね」

黒いスーツ姿の石田《いしだ》三夫《みつお》巡査長が近づいてきた。

自分のほうがずっと先に入庁しているくせに、いくらか年下なことを誇って石田は夏希を先輩扱いにする。夏希が嫌がることをおもしろがっているのだが、すでに慣れた。

「今年もよろしく。県警相談フォームに脅迫投稿があったんだって？」

夏希の言葉にうなずくと、石田は唇の端を歪《ゆが》めて笑った。

「あそこは犯罪者の脅迫受付窓口みたいになっちゃってますね」

「そうねぇ、あのフォームで犯人と対峙《たいじ》する機会が多くなってるね」

開設されたときの目的とは異なり、神奈川県警と意思疎通をしたい犯人が投稿してくるケースが増えた。皮肉にも、ネットの向こうの犯人と意思疎通できる便利な窓口ともなっている。

「それで県警受付係はいつも真田先輩ってわけじゃないですか」

石田はにやっと笑った。

たしかに、かもめ★百合《ゆり》を指名してくる犯人も少なくはなかった。

「嫌なこと言わないでよ」

「へへへ……それがすごく変な内容らしいですよ」

「変って?」

「いや、詳しくは聞いてないんですけどね。まぁ、捜査会議で説明があるでしょ」

背中から野太い声が響いた。

「おまえ、なに油売ってんだ」

振り返ると、ベージュ系のスーツ姿で江《え》の島《しま》署刑事課の加藤清文《かとうきよふみ》巡査部長が立っていた。

無愛想だが、その実、内心に熱いものを持つ刑事らしい刑事だ。

「おめでとうございます。加藤さん、応援ですか？」

「新年早々、呼び出しだよ。ま、今回も隣の家の火事ってわけだな」

加藤は顔をしかめて笑った。

「僕としては、カトチョウにご指導頂く機会が増えて嬉《うれ》しいですがね」

石田はあいまいな顔つきで笑った。

「おまえ、まったくそう思っていないって顔に書いてあるぞ」

「そんなことないですよ」

「じゃあ、江の島署に来い。福島《ふくしま》一課長に頼んどいてやるぞ。石田が江の島署に異動希望だってな」

「ち、ちょっとやめて下さいよぉ」

石田は顔の前で手を振った。

「ほらな、本音は俺から早く離れたいんだ。こいつは」

「そんなことはないですよ。でも、今回はカトチョウの運転手役はなさそうですよ」

「へぇ、なんでだ？」

「まぁ、たぶんそうなるんじゃないかと思ってね」

「なに、もったいぶってるんだよ」

加藤は石田の後頭部をはたいた。

「痛《いて》ぇなぁ」

九時が迫ってきた。この仲よし二人組につきあってはいられない。

「後でまた」

夏希は自分の席があると思《おぼ》しき会議室前方に足を運んだ。

管理官席に座っているふたりの男がなにやら深刻な表情で話し合っている。

「あけましておめでとうございます」

あえて明るい声で夏希はふたりに声を掛けた。

「あ、真田さん、おめでとうございます。年が明けたとたんに嫌な事件が勃発《ぼっぱつ》ですよ」

眉間《みけん》にしわを寄せたのは、警備部管理官の小早川秀明《こばやかわひであき》だった。

夏希と同年輩の秀才然としたキャリア警視だが、ドルオタであるなど容貌《ようぼう》とはかけ離れた側面を持つ人物でもある。

「小早川さんの顔を見ると、身が引き締まりますよ」

夏希はお世辞で言ったわけではない。警備部の小早川が捜査会議に参加しているということは、昨日の爆発がテロ事案の性質を帯びているということだ。

「いやぁ、痛み入ります。やっかいな事件になるかもしれません」

小早川は肩をすくめた。

「佐竹《さたけ》さん、あけましておめでとうございます。今年もよろしくお願いします」

夏希は隣に座っていた商社マン風の四〇代後半の男にあいさつした。

佐竹義男《よしお》刑事部管理官はたたき上げの刑事出身の警視で、いつも冷静な判断力を失わない。

「おめでとう。真田は晴れ着じゃないのか？」

「え？　警察では晴れ着で出勤する習慣なんてあるんですか」

夏希は素《す》っ頓狂《とんきょう》な声で訊いた。

東京証券取引所の大発会《だいはっかい》などでは、女性がいまだに晴れ着で出勤していると聞く。

だが、捜査会議に晴れ着姿で参加したら、精神状態を疑われそうだ。

事実、後方で着席している二人の女性警官は黒いパンツスーツ姿だ。

「いや、冗談だ。いまどきそんなことを言うとお叱りを受けるからな。忘れてくれ」

佐竹管理官は照れたように笑った。

正月らしい雰囲気を少しでも醸すつもりだったのかもしれない。一月二日から捜査本部に招集された警察官たちはお屠蘇《とそ》気分など吹っ飛んでしまっただろう。

「わたしの歳でいまさら振袖《ふりそで》着られませんよ」

夏希も冗談めかして答えた。

なにかの時代小説で「三十振袖、四十島田」という言葉を読んだ覚えがあった。

芸者などの若作りへの揶揄《やゆ》が成句となったものだが、現代の感覚だとどうなのだろう。

島田髷《しまだまげ》はともかく、いまは三〇代で振袖を着ても少しもおかしなことではないだろう。

でも、小川にも言ったとおり、夏希は振袖を着たいなどとは思っていなかった。

「今年も面倒な事案のたびに、こうして真田と顔を合わせることになるんだな」

佐竹管理官は眉《まゆ》をひょいと上げた。

捜査本部で夏希の顔を見たときの佐竹管理官の決まり文句だ。

「新年早々わたしを疫病神のように言わないでください」

夏希はわざとふくれてみせた。

「ははは、まったく警察には盆も正月もないな。真田はいつもと同じように隣の席に座ってくれ」

佐竹管理官は苦笑いして隣の席を指し示した。

「承知致しました」

夏希は指示されたテーブルの島に着席した。

すでにノートPCが起《た》ち上がっていた。

まわりを見まわすと、ほぼ全員が着席している。総勢で五〇名ほどだろうか。小川の姿は見えなかったが、アリシアとともに現場で証拠収集中なのかもしれない。

やがて時計の針が九時になると、前方の入口から四人のスーツ姿の男が入って来た。

捜査幹部が到着した会議室には、ものものしい雰囲気が漂った。

起立の声が掛かって、全員が一礼した。

四人は最前部でほかの席とは対面に位置する幹部席に次々に座った。

若手の大学教授を思わせる風貌《ふうぼう》は黒田《くろだ》友孝《ともたか》刑事部長である。

バリバリのキャリア警視長だが、京都大学で心理学を学んでから法学部へ編入学して警察官僚になったという経歴を持つ。夏希が採用されたのも心理職の特別捜査官を置きたいという黒田刑事部長の方針に基づくものだった。

鎌倉署は駐車場が建物の裏側なので気づかなかったが、黒塗りの公用車が駐《と》まっているはずだ。刑事部長が捜査本部長として臨席するのは本件が非常に重要な事案であることを示している。また、刑事部主導で捜査が進むことも明らかだ。

隣には制服姿の鎌倉警察署長が座った。小規模署なので階級は警視だ。五〇代半ばくらいのめがねを掛けた精力的な雰囲気の男性だ。副本部長となるはずだ。

隣に座ったのは、警察庁警備局理事官の織田《おだ》信和《のぶかず》警視正だった。

一瞬、さっと織田は夏希に目配せを送ってきた。

織田とは何回かデートしたが、中途半端な関係が続いている。こうして捜査会議で会うと、ちょっと面はゆく感ずる。

（織田さんだ）

今日はグレンチェックのスーツを身につけていた。淡いゴールド系のネクタイがよく似合っている。

キャリアのなかでも出世組と言われる織田は、捜査権のない警察庁の職員なので、アドバイザーとして臨席することになる。

最後に五〇代後半のグレーのスーツの男が座った。捜査主任を務める福島正一《まさかず》捜査一課長である。階級は警視正で、夏希とは何度も捜査本部で一緒になっている。

捜査幹部は誰もが重々しい表情で口をつぐんでいる。

司会は捜査一課の中年の私服捜査官が担当していた。捜査幹部の紹介の後に、黒田刑事部長があいさつした。

「元日から鎌倉市内で爆発が起きるという実に憂慮すべき事件が発生した。さらに今回の爆発を引き起こした犯人は、昨夜、第二の犯行の予告をしている。是が非でも次の事件を抑止し、県民の不安を取り除いてもらいたい。わたしは本件に関して上層部と協議するために会議終了後は本部を離れる。各部署が連携を密にして、全員が持ちうる最大限の力を発揮してもらいたい。以上だ」

黒田刑事部長の声は凜然《りんぜん》と響いた。

佐竹管理官が立ち上がった。

「では、事件の概要をわたしから話す。昨日の午後、何者かが鎌倉市内で小規模な爆発を引き起こした。現場は市内西御門《にしみかど》二丁目の北条義時法華堂跡《ほうじょうよしときほつけどう》とその後背地だ。広々とした草地で、石碑と看板が立つだけで建物は存在しない。初詣《はつもうで》とも無縁で、一部の歴史ファン以外には観光客も訪れない場所だ。事件当時も草地内には誰もいなかったために、幸いにも人的被害はなく草が焦げた程度で済んだ。爆発音に気づいた近所の住民からの一一〇番通報が一三時一七分で、所轄地域課が急行したが、怪しい人影等は見られなかった。現在周辺の防犯カメラのデータを解析中だが、現場の出入口付近には設置されていない。このため有力な手がかりを得るのは困難な見込みだ。実質的な被害はほぼないことから、この一件だけであればそれほどの重大性は認められないかもしれない。だが、昨夜、県警相談フォームに犯人と思われるワダヨシモリを名乗る人物からの脅迫文が投稿された。内容については小早川管理官に説明してもらう」

続いて小早川管理官が説明に立った。

「県警相談フォームへの脅迫文は昨夜、午後一一時ちょうどに投稿された。次の内容だ」

左手のスクリーンとPCの画面に脅迫文が映し出された。

――松が明ける七日までの間に、恨み重なる北条氏ゆかりの鎌倉の寺を次々に爆破する　ワダヨシモリ

会議室内にどよめきがひろがった。

誰もが意味を汲《く》み取りかねているようだ。

「この脅迫文を理解するためには、少し説明を加えなければなるまい」

小早川管理官はもったいぶった調子で言った。

画面が切り替わった。

――わだ‐よしもり【和田義盛】

［1147〜1213］鎌倉初期の武将。三浦義明の孫。源頼朝の挙兵以来軍功を重ね、幕府初代の侍所《さむらいどころ》別当となった。のち、北条氏の謀計により挙兵して敗死、和田氏は滅亡した。（小学館デジタル大辞泉）

　ふたたび会議室内がざわめいた。犯人が名乗るワダヨシモリが鎌倉時代の武将だと知っていた者はわずかだろう。夏希も驚いたが、どうしてこんな名を騙《かた》っているのか。

「たしかに和田義盛を長とする和田一族は一二一三年五月の和田合戦で、北条義時をリーダーとする鎌倉幕府軍に滅ぼされている。これを契機として三浦《みうら》一族も滅亡へと向かう。市内由比ガ浜三丁目に和田一族の墓があり、すぐそばの江《え》ノ電《でん》和田塚《わだづか》駅の由来にもなっている。しかし八〇八年も前の話であり、犯人が和田一族の末裔《まつえい》とは考えにくい。さらに鎌倉幕府を実質的に支配した北条氏も一三三三年に滅ぼされていて、直系の子孫はいない」

　夏希は理系だし日本史は苦手だったので、小早川の説明はぼんやりと知っているだけだった。江ノ電に和田塚という駅があることも知らなかった。

「イチミサンザン、鎌倉幕府滅亡か……」

　どこからか不規則発言が聞こえ、会議室内に笑い声がひろがった。

「笑いごとではない。犯人は連続爆破と脅しているんだぞ」

　佐竹管理官がたしなめると、会議室内は静まりかえった。

脅迫文の内容はあまりにも現実離れしていることはたしかだった。

　捜査員たちがピンとこないのも無理はない。

「歴史が苦手な者のためにつけ加えるが、豊臣秀吉《とよとみひでよし》に滅ぼされた小田原《おだわら》の後北条《ごほうじょう》氏は、伊勢《いせ》氏の出自とされていて鎌倉北条氏と血縁関係はない。いずれにしても和田氏一族の北条への怨恨《えんこん》という脅迫状に書かれた動機は荒唐無《む》稽《けい》であり、犯人の目的は不明だ。なお、投稿の際に犯人が使用したメールアドレスは判明しているが、ヘッダー情報を偽装しているほか、オープン・リレー・サーバーすなわち第三者中継サーバーを何重にも経由する方式を使うなどしてＩＰアドレスにさまざまな隠蔽《いんぺい》工作を施している。いつものように国際テロ対策室で投稿の発信元を追いかけているが、発信元の特定は困難を極めている。なお、現時点では犯人は県警相談フォームだけに投稿している。ＳＮＳへの投稿やマスメディアへの接触はいまのところなく、この脅迫メッセージは我々警察だけに向けられている」

　小早川管理官が息を吐いて座ると、ふたたび佐竹管理官が立ち上がった。

「さて、犯人が狙うと明言しているのは鎌倉市内の北条氏ゆかりの寺だが、これが頭が痛くなるほど数が多い。たとえば観光客の多い鎌倉五山だが、建長寺《けんちょうじ》、円覚寺《えんがくじ》、寿福寺《じゅふくじ》、浄智寺《じょうちじ》はすべて北条氏ゆかりの寺だ。唯一、浄妙寺《じょみょうじ》だけが足利氏の開基つまり創建だ。また、やはり観光客に人気の高い紫陽花《あじさい》寺の明月院《めいげついん》、萩《はぎ》寺の宝戒寺《ほうかいじ》、縁切寺の東慶寺《とうけいじ》、江ノ電の駅名にもなっている極楽寺《ごくらくじ》。これらもみな北条氏に縁が深い。幸いにも参詣《さんけい》客の多い大仏の高徳院《こうとくいん》と長谷《はせ》観音《かんのん》の長谷寺は北条氏と関わりが薄いが、ほかにも北条氏ゆかりの寺はいくつも存在する。五山や明月院、東慶寺など鎌倉の寺には臨済《りんざい》宗が多い。だが、北条義時の三男、重時《しげとき》が現在の場所に建立した極楽寺は真言律《しんごんりつ》宗だ。また、鎌倉幕府滅亡の時に戦死した北条高時《たかとき》を慰霊するために建立された宝戒寺は天台《てんだい》宗で、宗派は関係ないとも言える。犯人がいったいどこの寺を狙っているのか、現時点では推測の材料を欠く」

佐竹管理官はメモも見ずにさらさらと説明した。

夏希はちょっと驚いた。佐竹管理官は歴史には詳しかったただろうか。

あるいは優秀な捜査官である彼は、今回の事件のために調べたのかもしれない。

佐竹管理官が苦々しい顔つきで座ると、代わって幹部席の織田が挙手して発言した。

「たとえば鎌倉五山だけを例にとっても建長寺の梵鐘《ぼんしょう》、円覚寺の舎利殿《しゃりでん》や洪鐘《おおがね》などの国宝をはじめ、たくさんの重要文化財が存在します。犯人はそうした我が日本国民の貴重な財宝を危険にさらすと脅迫しており、爆破は文化遺産保護制度に対する卑劣な犯罪です。警察庁は今回の犯行をテロと認定しました。各自、この脅迫が国家・社会に対するテロ行為であることを認識して頂きたいのです」

国家の安寧を第一義に考えるいかにも織田らしい言葉だった。

が、今回の発言については夏希もまったく同感だった。

文化財は一度破壊されたら、二度ともとに戻すことはできないのだ。

隣で福島一課長が口を開いた。

「爆発規模が小さいために、いまのところそれほど大きなニュースにはなっていない。記者発表はしたが、マスメディア各社ともイタズラ程度の取り上げ方しかしていない。だが、もし犯人がマスメディアなどに次なる脅迫メッセージを向ければ、地域住民や観光客に大きな混乱が生ずるおそれがつよい。我々は一刻も早くワダヨシモリなる犯人に迫ってゆき、次の犯行を抑止しなければならない。だが、現時点では犯人の鑑はない。鑑取りは困難としか言いようがない。本部捜査一課と所轄刑事課は現場である北条義時法華堂跡の周辺部の聞き込みを中心に徹底的な地取り捜査を行う。犯人に迫る有力な手がかりは地取りにある。投稿元の特定については小早川管理官を中心とした警備部にお任せしたい」

鑑取りまたは識鑑とは、被害者の人間関係を洗い出し、動機を持つ者を探し出す捜査をいう。

今回の爆発で直接的な被害者は土地所有者だろうが、大きな被害は出ていない。また、鎌倉市や鎌倉市内の観光事業者なども被害者とは言えるだろうが、範囲が広すぎて動機を持つものを探し出すことなど不可能だ。

一方、地取りとは現場付近で不審者の目撃情報や、被害者と争う声などの情報を聞きまわる捜査をいう。現時点では爆発物を仕掛けた者などの目撃情報を得ることが犯人に迫る最善の方法だろう。

「もちろんです。さらに破壊活動防止法と団体規制法に規定する暴力的破壊活動を行う恐れのある調査対象団体を中心に危険人物を洗い出す作業に入ります。極右、極左、あるいは旧オウム真理教などは、いずれも旧来の仏教寺院に対して対立的な立場であるとも言えます」

打てば響くように小早川管理官が答えた。

「小早川管理官、平成二七年の『警察庁国際テロ対策強化要綱』に基づき、ＩＳＩＬやアル・カーイダなどのイスラム圏テロリスト勢力にも目を配って頂きたいです」

織田がやわらかい声で言った。

「そうですね、イスラム系過激派もチェックさせましょう」

小早川管理官はさらっと答えた。

夏希はめまいがしてきた。たしかに極右は仏教寺院に対して敵対姿勢を持つことが考えられる。極左は宗教そのものを否定する。さらに、イスラム系過激派は日本の宗教に敵愾心《てきがいしん》を持つかもしれない。仏教寺院を狙うテロ組織は無数に存在する可能性がある。

だが、「北条氏ゆかりの鎌倉の寺」としている点が腑《ふ》に落ちない。もしそうした仏教寺院の宗教的な性格に対する攻撃だとしたら、日本中、どこの寺を狙ってもよいはずだ。

「犯人が松が明ける七日までの間と明示しているからには、本日を含めて一月七日までの六日間、我々は厳重な警戒態勢を敷いて鎌倉を守らなければならない。所轄《うち》の地域課は参詣客の多い主要寺院周辺部のパトロールを強化する」

鎌倉署長が力強く言った。

「では、それぞれの役割に応じて班分けを行ってほしい。地取り班は佐竹管理官が仕切ってくれ、発信元特定と調査対象団体については小早川管理官にお願いしたい。鎌倉署地域課については署長、指揮をよろしくお願いします」

福島一課長の言葉で第一回の捜査会議は終了した。捜査員たちは班分け作業に入り、黒田刑事部長はそそくさと会議室を後にした。

「真田さん、あけましておめでとうございます」

幹部席を離れた織田が近づいてきて声を掛けてきた。

「おめでとうございます。お正月からわけのわからない事件ですね」

夏希はちょっと照れながらあいさつを返した。

「仏教寺院等を狙うテロ事件は、警察庁の記録には一件だけ残っています。一九九三年四月に中核派が京都市内の青蓮院、仁和寺、三千院、田中神社に放火した事件です。六月に当時の皇太子御成婚式典が予定されていて、新左翼は反皇室闘争を続けていたのです」

「そんな事件があったなんて」

夏希は驚きの声を出した。

二八年も前のことだ。少しも知らなかった。

「まぁ、人的被害は出ていませんが……」

隣の空いている椅子に座ると、織田は眉根にしわを寄せて言った。

「外国では人的被害も出ているんですか」

夏希の言葉に織田はかるくあごを引いた。

「ええ、一例を挙げれば、インドでは二〇一三年にブッダガヤ爆弾テロ事件というのが起きています。ブッダガヤは、世界遺産にも指定されているインドの北東部に位置する仏教の聖地です。ゴータマ・ブッダ、つまり釈迦《しゃか》が悟りを得た土地として多くの人々の信仰を集めています」

「お釈迦さまって、菩提樹《ぼだいじゅ》の木の下で悟りを開いたんでしたっけ?」

夏希は小さい頃はプロテスタント教会に通っていた時期もあるが、特定の宗教を信仰しているわけではない。幼い頃に子ども向けの釈迦の伝記のような絵本を読んだ覚えがあった。

「ええ、その菩提樹の付近と周辺部で連続で爆発が起きました。仏教僧をはじめ数人が負傷しましたが、幸いにも死者は出ませんでした。当局が解体処理した爆弾の一つには『イラクのための報復』と書かれていました。インド政府は後にイスラム過激派インディアン・ムジャーヒディーンによる犯行であると発表しました。イスラムと仏教の対立は、ミャンマーやタイ、スリランカなどでも起きており、これらが背景にあるとされています。日本の仏教寺院をイスラム系過激派が狙う怖れを捨て去ることはできません。この日本にもイスラム過激組織の関係者は存在するおそれがありますし、さらに日本人のなかにも彼らに対して協調的な思想を持つ者はいるのです」

織田は熱っぽい調子で説明した。

「でも、犯人はワダヨシモリを名乗っています。また、北条氏ゆかりの寺院を爆破すると予告しています。イスラムとは関係ないようにも思うのですが」

「わたしも犯人がイスラム系過激派だとは思っていません」

あっさりと織田は答えた。

「そうなんですか」

夏希は裏返った声を出した。ブッダガヤ事件のことを熱を籠《こ》めて話しているから、すっかりイスラム系過激派を疑っているのかと思っていた。

「ええ、ただ、脅迫文が犯人の本音をあらわしているとは思えない以上、全方面的に目配りをする必要があると考えております」

「なるほど……たしかに和田一族の北条一族への恨みをはらすなんて、意味不明ですよね」

「その通りです。犯人の真の動機は覆い隠されているわけです。真田さんはどんな犯人像を考えていますか」

「無理ですよ。たった一行のメッセージじゃないですか」

織田は静かにうなずいた。

「もちろん、現時点では誰にもわからないですが、なにか気づいたことがないかなと思いましてね」

「いまのところは……」

夏希は言いよどんだ。

「織田理事官、真田先輩、俺の相棒を紹介します」

背後から張りのある石田の声が掛かった。

振り向いた夏希は驚いた。

石田と並んで黒いパンツスーツ姿の若い白人女性が立っている。

しかも……驚くほどに美しい。

透き通るような白い細面にすっとしたかたちのよい鼻。

アーモンド形の瞳《ひとみ》は山奥の湖水のよう淡いブルーに澄んでいる。

きりっとした唇からはつよい意志の力を感じさせる。

スレンダーすぎるのが難点だが、身長は一七〇センチくらいで、脚はとても長くスタイルもいい。

面差しがそれほど似ているわけでもないのだが、夏希は昨年九月の事件で知り合ったギフテッドの美少女龍造寺《りゅうぞうじ》ミーナを思い出した。どこかに通ずる雰囲気があった。

母の国であるエストニアに移住したミーナは元気に暮らしているだろうか。

しかし、石田の相棒とはいったい？

「小堀沙羅《こぼりさら》です。よろしくお願いします」

女性ははっきりとした言葉であいさつした。

少しの訛《なま》りも濁りも感じられない正確な日本語だった。

「一二月一日付で捜査一課に配属された小堀巡査長です」

石田は誇らしげに胸を張って、沙羅を掌《てのひら》で指し示した。

「小堀沙羅さんね」

夏希は名前をなぞった。

最初に受けた印象とは違って沙羅は日本人なのだ。警察官採用試験の受験資格に「日本国籍を有する者」と記載されている。外国籍の者は警察官になることはできない。

「あ、彼女は日仏ハーフです。国際捜査課にいたんですが、刑事警察の最前線で学ばせようってことで捜一に来たんです」

異動の事情など公開されない。石田が知るわけはないはずだ。

「石田さんがチューター役ってわけね」

「いろいろ不慣れだろうから、俺がしばらく面倒みることになったんすよ」

得意げに石田は鼻をうごめかした。

「ご苦労さま。でも、いまはハーフっていう言葉は適当でない表現だって言われてるよ」

夏希はたしなめた。

「まったく気にしてません。父が日本人、母がフランス人なんですが、わたし自身は日本人ですから」

沙羅はまじめな顔できっぱりと言い切った。

ダブル、ミックスなどほかの呼称にもそれぞれ問題があり、呼称が定まっていない状況にあるといえる。

日本国籍と外国籍を持つ夫婦の間に生まれる新生児は、年間の新生児総数の五〇人に一人にあたる約二万人が出生しているはずだ。

夏希はかつて精神科の臨床医であったときに、そうしたクライエントも担当したので、調べたことがあった。

「そうなの……真田です。どうぞよろしく」

夏希はにこやかな笑顔で頭を下げた。

「真田分析官の輝かしいご活躍はわたしたちの憧《あこが》れです」

沙羅は白い頬をうっすらと染めた。

「大げさ。わたしは自分にできることをしているだけだって」

夏希は照れるほかなかった。

「いえ、真田さんのお力は本当にすごいと思います」

瞳を輝かせて沙羅は夏希を見つめた。

「困ったな。わたしの力じゃないって。石田さんとか織田さんとか、みんなの力だよ」

仕方ないので、隣の織田に振った。

「はじめまして、織田です」

織田は声を弾ませて名乗った。

「小堀巡査長です。織田理事官、ご教導、よろしくお願いします」

しゃちほこばって身体を折った。

「そう硬くならないで下さい」

織田はやんわりと顔の前で手を振った。

「はい、ありがとうございます」

沙羅の硬い態度は変わらなかった。

巡査長から見れば警察庁理事官の警視正は雲の上の存在だ。

「僕はアドバイザー役に過ぎません。まぁ、真田さんの喧嘩《けんか》相手と言ったところです」

「は？」

沙羅がきょとんとした顔を見せた。

「冗談です。真田さんとはよくディベートするんですよ。意見が食い違うことも多くて」

織田は小さく笑った。

「はぁ……わかりました」

不得要領に沙羅はうなずいた。

「それにしても、石田さんは大任だね」

夏希の言葉に石田ははりきって答えた。

「捜一には独自の雰囲気がありますからね。ま、彼女に早く慣れてもらえるように頑張りますよ」

「石田さんには本当に親切にして頂いています」

沙羅はさわやかに笑った。

なんて素敵な笑顔だろう。

こんな笑顔をプレゼントされたら、たいていの男性は魂を飛ばしてしまうのではないだろうか。

「じゃあ、小堀さん、聞き込みに行きましょうか」

石田は声を弾ませると、出口へ向かって歩き始めた。

「はい、行きますっ」

沙羅は元気よく答えて、夏希たちに頭を下げると石田の後を追った。

「石田さん、カトチョウとのコンビ解消、ちょっと淋《さび》しいね」

夏希は石田の背中に声を掛けた。

「ま、まぁそういうわけです」

ちょっと振り返った石田は含み笑いをすると、ちょっとあごを引いて遠ざかっていった。

加藤の姿はすでに会議室にはなかった。

石田の新しい相棒についての感想を聞きたいところだった。

今回の捜査本部で加藤は誰とコンビを組んでいるのか。からかう相手がいなくなって淋しがっているかもしれない。

福島一課長や佐竹管理官が寄ってこないのはあたりまえだった。沙羅は捜査一課の新人に過ぎない。いくら美女でも、管理職たちが特別扱いをするはずはなかった。

小早川が近づいてきた。

「すごくきれいな人ですね」

小早川は目尻《めじり》を下げている。

「捜査一課の新人さんで、小堀沙羅さんっていうんです」

「へぇ、国際研修かと思いましたが、日本人なんですね」

目を見開いて小早川は驚きの声を上げた。

「ええ、お父さんが日本人でお母さんがフランス人だそうです」

「まるでモデルか女優みたいですね」

嬉《うれ》しそうに小早川は言った。

そう言えば、石田も小早川も織田さえもが、声のピッチが少し高くなっているような気がする。

男というものはどうしてこうも美女に弱いのか。

もっとも沙羅は、女性の夏希から見てもため息をつきたくなるほどの容姿を持っている。無理もないのかもしれない。

「本人の前では容姿の話はしないほうがいいですよ」

織田がさらっと警告した。

「わかってます。セクハラになっちゃいますからね」

ヘラヘラと小早川は笑った。

「言わずもがなでしたね」

照れたように織田は言った。

「いいえ……さて真田さん、お仕事ですよ」

小早川は夏希たちが座る正面の椅子に腰掛けた。

「ワダヨシモリへの呼びかけですね」

捜査本部に呼ばれると、まずはネット上での犯人への呼びかけから始めるのが、いまやルーティンワークとなってしまった。

ある意味、とても異常な仕事と言わざるを得ない。

「そうです。六〇分で消えるゲリラメールのアドレスを使っていないことからも、投稿時のメアドが生きているのではないかと考えています。犯人の返信を促し、なんとか意思疎通をできるようにするのが第一段階だと思います」

「犯人の本音を知りたいですからね」

「ええ、犯人は和田一族の恨みを晴らすなどと馬鹿げたことを言っています。が、小規模とは言え爆発を起こし警察に対して挑戦的な態度を取っているからには必ず本当の動機があるはずです。それをつかむために真田さんの力を発揮してもらうしかないです」

小早川は力を込めて言った。

「なんとか返信があるといいのですが」

遠い時代の向こうに隠れている犯人と意思疎通をする自信はなかった。

「大丈夫ですよ、いままでかもめ★百合の呼びかけに応じなかった犯人はいません」

「それはわたしの力ではないです。そもそも脅迫メッセージを送りつけてくる犯人は、訴えたいことがあるわけですから」

「それは間違いありませんが、犯人の対話したいという気持ちを引き出すことが重要なのです」

夏希はキーボードに向かった。

「こんな感じではどうでしょう？」


――ワダヨシモリさんへ、わたしは県警のかもめ★百合です。あなたのお話を聞きたいです。この投稿フォームでお返事待っています。


立ち上がった小早川はテーブルのこちら側にきて、織田と二人でディスプレイを覗《のぞ》き込んだ。

「いいんじゃないいいんですか。織田理事官はいかがお考えですか？」

「ええ、いいと思います。さっそく投稿して下さい」

二人とも異論はないようである。もっとも第一信はこの程度の内容しか書けない。

「わかりました」

織田の言葉に従って、夏希は投稿ボタンをクリックした。

かつてはこのワンクリックにも相当の緊張を覚えたが、いまはかなり気が楽になった。

夏希の呼びかけだけで、行動を起こした犯人は一人もいなかった。問題は応答があってからのコミュニケーションだ。

「真田が行動を開始したか」

佐竹管理官が歩み寄ってきた。

「まだ呼びかけただけです」

「きっと応答してくるさ。かもめ★百合を無視した犯人はいないんだ」

「そうあってほしいと願っています」

気づいてみると、福島一課長の姿が見えない。

「福島一課長はお出かけですか？」

「実は横浜《よこはま》市内でコロシがあってな。そちらの本部にも顔を出さなきゃならないんだ」

「新年早々、嫌な事件が続きますね」

「まったくだ」

佐竹はちょっと顔をしかめて笑った。

「となると、佐竹さんの仕切りですね」

「ま、織田理事官がいらっしゃるからな」

黒田刑事部長も福島一課長も不在となると、この捜査本部では織田の発言力が絶大なものとなる。

「いや、僕は単なるアドバイザーですから」

織田はさらりとかわした。

たしかに警察庁職員に指揮権はない。だが、織田は階級では一人だけトップの警視正だ。さらに警察庁警備局はまさに日本警察の中枢に位置し、全国の都道府県警本部に対して強力な指導力を持っている。

「ワダヨシモリを名乗る犯人がいったい何を考えているのか。皆目、見当がつかないからなぁ」

佐竹は独り言のような調子で嘆き声を上げた。

「わたしは真田さんの呼びかけには期待しています」

「そうですよ。ネットの向こうに隠れてる犯人を引きずり出すのは、かもめ★百合の十《お》八番《はこ》ですよ」

織田も小早川も調子がよいが、そんなに期待されても困る。

いままでの事件では、いろいろと運に恵まれたのだ。

ほとんどの捜査員が出払ってしまったので、会議室には織田や佐竹、小早川のほかは、予備班のふたりの男性警部補と数人の連絡要員を残すのみとなった。

時おり窓辺の無線機に入電するが、ちょっとした確認事項だけで捜査の進展を示すような連絡はない。

しばらく待ったが、ワダヨシモリからの反応はなかった。

「佐竹さん、現場を見てみたいんですが」

夏希の申し出に佐竹はにこやかにうなずいた。

「そうだな、ここから現場まで歩くと遠いな。犯人からの応答があったときにタクシーなんかだとまずいか。近くで聞き込みしてる誰かに迎えに来させよう。しばらく待っていてくれ」

「ありがとうございます」

五分ほどして、クルマが迎えに来たと連絡要員から知らせがあったので、夏希はエレベーターで一階に下りた。

入口前の車寄せに地味なシルバーメタリックのセダンが駐《と》まっていた。

「真田先輩、お迎えに上がりました」

覆面パトカーの運転席から顔を覗かせて叫んだのは石田だった。

「ありがとう」

夏希は後部ドアを開けて車内に乗り込んだ。

「悪いね、聞き込み中だったんでしょ？」

「いいんですよ。俺たち駅周辺の聞き込みに廻《まわ》っていたんですけど、これと言った成果は上がってないんでくさってたとこです。ちょうどよかったですよ」

石田は笑うと、クルマの鼻先を若宮大路に向けた。

「真田さんの現場観察にご一緒できるなんて幸せです」

助手席の沙羅は振り返って声を弾ませた。

「最近、あまり成果が上がったことはないの。そんなに期待しないで」

夏希が応《こた》えているうちに、覆面パトは若宮大路を鶴岡八幡宮の方向へと進み始めた。

と思ったら、すぐに右折した。

「八幡宮周辺は初詣《はつもうで》客でいっぱいだから、乗り入れたら身動きが取れなくなっちゃいますからね」

石田は背中で小さく笑った。

覆面パトは住宅地のなかの狭い道を走り始め、さらに方向を変えて少し広い道を走ってまたも狭い道に入る運転を繰り返した。

どちらへ向けて走っているのか、夏希にはわからなくなってしまった。

やがて覆面パトはすれ違いがやっとくらいの道を真っ直ぐに進み始めた。

住宅が続くなかに古い酒店や呉服屋などが点在している。

「雰囲気のいい通りだね」

鎌倉らしいたたずまいだなと夏希は感じていた。

「小町大路《こまちおおじ》です。鎌倉六大路のひとつで鎌倉時代に金沢《かなざわ》街道と和賀江島《わかえじま》の港を結んでいた道です」

なんの気ない調子で沙羅が説明してくれた。

「小町通りは知っているけど……」

駅から鶴岡八幡宮に向かう小町通りは飲食店や土産物屋などが建ち並び、観光客でごった返している。

「あちらは比較的新しく、近代になって名づけられた道ですね」

この道沿いには寺社が少ないのか、初詣客などの姿もそれほど多くは見られなかった。

クランクで小さな川を渡るところに寺があって、立派な山門と銅葺《ぶ》きの変わった建物が見えた。この寺の門前には参詣《さんけい》する人々が集まっていた。

山門近くに警察官の姿は見られなかった。

「日蓮《にちれん》宗の本覚寺《ほんがくじ》です。由緒あるお寺で本山の格を持っていますが、北条氏とのゆかりはほとんどありません」

「変わったかたちのお堂があるね」

「夷堂《えびすどう》といって、かつての堂宇はよそに移されて昭和になって再建されたものです」

沙羅はさらさらと説明を続けている。

不思議なことがひとつあった。

「クルマがほとんど走ってないのね」

「鎌倉市内は明日《あした》まで交通規制が敷かれていて、市外からのクルマは入れないんすよ」

ゆったりとした口調で石田が答えた。

「八幡宮のまわりだけだと思ってた」

昨日も八幡宮のまわりにはクルマはいなかった。

「八幡宮周辺は歩行者天国になっていますね。でも、交通規制は旧市内全域なんですよ。長谷、小袋谷、常磐口などにバリケードが設置されて、そこから市の中心部に一般車は入れません。いまこの道を走っているのは旧市内に居住している人のクルマなんです」

夏希の言葉に沙羅がまじめに説明してくれた。

「そうそう、毎年、大晦日から三が日は同じような交通規制を敷いているんです。我々警察のクルマは例外ですけどね」

石田はちょっと得意げに言った。

小町大路から出た覆面パトは、センターラインのある広い道を走っている。交通量が急に増えた。

「これがさっき言った金沢街道です。朝比奈《あさひな》峠を越えて横浜市金沢区の六浦《むつうら》まで続いています。現在は県道204号線です」

「シーパラダイスのあるあたりだね」

「ええ、六浦から八景島《はっけいじま》は近いですね」

沙羅は次々に説明してくれる。

石田は県道を左に逸《そ》れて落ち着いた住宅地の道を進み始めた。

「それにしても、二人とも鎌倉の道に詳しいね」

地元民しか知らないような道を次々に選ぶ石田たちに夏希は感心していた。

「いやぁ、ルートはぜんぶ小堀さんが決めてくれたんです。俺はただ、言われたとおりに走ってるだけです」

石田が照れたような声を出した。

「いいえ、さっきスマホで調べただけです」

沙羅は気負いなく答えたが、ルート探索の際に小町大路の歴史まで調べたのだろうか。

すぐに右手にタイムズがあり、石田は覆面パトを乗り入れて駐めた。

「ここから歩いてもらいますよ。二五〇メートルくらいですから」

石田は振り返って笑った。

三人は覆面パトを下りて道路へと歩み出た。

道路の反対側は清泉《せいせん》小学校の裏手で、正面にはこんもりとした照葉樹の森が見えている。

函館の正月には緑の森を見ることはできないので、やはり新鮮な気がする。

「まずは北へ進みます」

スマホを覗《のぞ》き込んでいた沙羅が、森の方向を指さした。

「こんなとこなら歩くのも楽しいね」

夏希は明るい声でうなずいた。

西へと角を曲がり、清泉小学校の北側の塀沿いをしばらく歩いたところで、沙羅がふたたび声を出した。

「ここですね」

沙羅は民家とアパートの間に続いている右手の細道を指さしている。

突き当たりには森の中に石段が続いているのが見えた。

夏希たちは石段までクルマ一台がやっと通れる道を歩いた。

一対の石灯籠《いしどうろう》が石段の両脇に設けられていたが、古いものではなさそうだった。

石段を上り始めると、左右の森から豊かな緑の香りが夏希の鼻孔《びこう》に忍び寄ってきた。

上り終えると、いきなり視界が開けた。

マンションが一棟建つくらいのなにもない草原の広場がひろがっていた。

右手の片隅の五メートル四方ほどの面積に規制線テープが張られていた。

「爆発はあそこで起きたのね」

夏希はテープの結界へと歩み寄った。

地面が少し荒れて草が少し焦げている。

「たいしたことないでしょ?」

石田が薄笑いを浮かべた。

「そうね、これじゃ被害はないと言っていいね」

「実害はゼロですね。でも、今回の爆破はあくまで警告でしょうから」

沙羅は眉根《まゆね》を寄せた。

爆破箇所と反対側の広場の西端には「史跡法華堂跡（源頼朝墓・北条義時墓）、史跡指定年月日平成十八年七月二十八日」と刻まれた新しい石碑と、詳しい看板が立てられていた。

「ところで、ここに法華堂っていうお寺があったの？」

「ええ、鎌倉幕府の二代目執権で北条氏の権力を絶大なものへと押し上げた北条義時の墓があった場所です。同時にその霊を祀《まつ》るために法華堂というお堂が建てられていたのです。この森の向こうの」

左手つまり西側の森を沙羅は指さして言葉を継いだ。

「源頼朝が聖観音像を本尊とした持仏堂を建てたところで、頼朝の死後に法華堂と呼ばれました。いつしか堂宇は消滅しましたが、頼朝の子孫を名乗る薩摩《さつま》藩主の島津《しまづ》氏が江戸期にもっと南の大御堂《おおみどう》という場所から法華堂跡に頼朝の墓を移築したと言われています」

「まぎらわしいけど、法華堂はふたつあったのね？」

「そうです。そちらは源頼朝の法華堂で、ここは北条義時の法華堂です。法華堂にはいくつかの意味がありますが、ここは貴人の墓所に建てられるお堂のことを指しています。それで、北条義時の法華堂は鎌倉時代の歴史書である『吾妻鏡《あづまかがみ》』に頼朝の法華堂の東側中腹に北条義時を葬った、新たな法華堂が建てられたとの記述があります。ですが、義時の法華堂の位置は長い間わからなかったのです。ところが、二〇〇五年に鎌倉市教育委員会の発掘調査により法華堂跡の遺構が発見され、この場所であると特定されたのです」

沙羅は淡々と話したが、夏希は舌を巻いた。

「ね、沙羅さんってなんでそんなに詳しいの？」

「わたし隣の藤沢《ふじさわ》市の出身なんです」

「そうなんだ。藤沢のどこ？」

「辻堂《つじどう》の海岸近くです」

「いいとこだね」

「ええ、まぁ……で、わたし中高校生の頃は鎌倉オタクだったんですよ。大学時代にも歴史にすごく詳しい友人がいて、鎌倉のこともいろいろと教えてくれてたんです。それで、この北条義時法華堂にも二回ほど来たことがあります。今回の事件が起きて捜査本部に呼ばれることになったんで、早起きしていろいろと調べてみたんです」

ちょっと照れたように沙羅は笑った。

「なるほど。でも、調べたことをよく覚えてるね」

「記憶力はいいほうなんですけど、でも、そんなことあんまり自慢にはなりません」

沙羅ははにかんで顔をしかめるような表情を見せた。

そんな表情がとてつもなくかわいらしい。

「小堀さん、すごく優秀ですよ。俺は追いまくられてます」

石田は頭を掻《か》いた。

「で、和田義盛は義時に滅ぼされたわけね」

「はい、北条氏の権力をたしかなものとするために、義時は和田氏や比企《ひき》氏を滅ぼしたり、畠山重忠《はたけやましげただ》を討ったりしています」

「ところで、奥に鳥居があるけど、神社でもあるの？」

広場の尽きるところに白っぽい石鳥居が立っていてさらに高いところに続く石段があった。

右横にも鳥居はないが、石段が続いている。

「あちらは毛利季光《もうりすえみつ》、大江広元《おおえのひろもと》、島津忠久《ただひさ》の墓です。江戸期に建てられたものです。毛利季光は鎌倉幕府の礎を築いた官僚である大江広元の四男で長州《ちょうしゅう》藩の毛利氏が祖と仰いでいる人物です。また島津忠久は源頼朝の庶子とされている人物で、薩摩藩島津氏の祖と仰がれています。江戸時代にそれぞれ長州藩と薩摩藩によって建てられたものです」

「ふーん、じゃあ鎌倉時代とは関係ないのね？」

石段の上に存在するものに対する夏希の興味は急激に薄れた。

「はい、江戸時代の遺構です。ついでにあそこに洞窟《どうくつ》みたいのがあって、石塔みたいなものが見えますね」

　沙羅は広場の左手を指さした。

「うん、石塔と卒塔婆《そとば》が立ってるね」

「あの手の洞窟はやぐらと呼ばれる鎌倉時代の墓所のスタイルなんですけど、北条氏によって滅ぼされた三浦泰村《やすむら》一族の墓だとされています」

「え？　じゃあ、滅ぼした北条氏と滅ぼされた三浦氏のお墓が一緒にあるってわけ？」

　夏希は驚きの声を上げた。

「そうです。宝治《ほうじ》合戦と呼ばれる戦いの末に北条氏に追い詰められた三浦泰村らは、この隣の源頼朝法華堂に集まり一族そろって自刃しました。なかでも三浦光村《みつむら》という武士は自分で自分の顔を傷つけて正体がわからないようにしてから死んだと伝わっています」

「凄惨《せいさん》な最期だね」

「この光景は法華堂の天井裏に潜んでいた法師が見たと『吾妻鏡』に残されています。ちなみに、長州藩毛利氏の祖である毛利季光は三浦氏ではありませんが、このとき運命を共にしたそうです」

「あ、だからここに毛利季光のお墓があるのか」

「もっとも三浦氏を滅ぼしたのは、五代執権の北条時頼《ときより》で義時や和田義盛よりはずっと後の時代です」

「和田氏に比企氏、そのうえ三浦氏を滅ぼしたなんて、北条氏ってエグいね」

「鎌倉幕府が執権として権力を築き上げ確固たるものとするために、北条氏はほかにもたくさんの御家人を討ち滅ぼしました」

「なるほど、犯人のワダヨシモリが北条氏ゆかりの寺を狙うと言っている意味がわかりかけてきた。ありがとう。ちょっと一人にしてくれる」

夏希はかるく頭を下げた。

「小堀さんあっちの端っこに行ってましょうか」

石田は西側斜面下の目立たない場所を指さした。

「あ、はい」

石田と沙羅は踵《きびす》を返して、広場の隅へと移動した。

「さてと……」

夏希はいったん目をつぶった。

深呼吸を繰り返し、いつものように大脳をデフォルト・モード・ネットワーク（DMN）というアイドリングモードに持ってゆく。なにも考えていないぼんやりとした状態である。

睡眠時の脳は原則として休息状態にある。だからたとえば誰かにまぶたをこじ開けられたとしてもなにも見えないのだ。だが、DMNは覚醒《かくせい》した状態の脳に、外部からの情報処理が要求されていない状態である。潜在意識から脳への働きかけは行われており、外からの刺激から独立した思考や自分への内省の機能を持つとされている。

だが、一定量のブドウ糖を消費していることからもわかるように、DMN状態を続けると脳はある程度疲労する。

人間は起きている時間の半分近くを無意識的なDMN状態に置いているとの学説もある。

最近では、脳を休ませるために、無意識的なDMNを減らすべきとする指摘も増えてきている。そのためにはたとえば、瞑想《めいそう》が効果的だと言われている。

だが、無意識的なDMNと意識的なDMNでは性格が異なる。DMNはひらめきを生み高度な思考には欠かせないという考え方に従って、夏希はこのモードを活用している。

夏希は目を開いた。

至って静かだ。

なんの鳥かわからないが、さえずりが響き渡っている。

心地よい陽差しが降り注ぎ、やわらかな風がふわりと頬をなでる。

鎌倉のお正月はなんとあたたかいのだろう。

だが、なぜか夏希はたとえようのない寒々しさを感じていた。

規制線テープに囲まれた場所だけではない。広場全体に冷気が渦巻いているような錯覚に襲われる。

もちろん、沙羅からこの場所の歴史的な由来を聞いたためだろう。

しかし、犯人もそのことは知っているはずだ。

この北条義時法華堂跡の広場は鎌倉武士たちの野心と怨念《おんねん》や絶望が澱《おり》のように溜《た》まった土地だと感じられてならなかった。

「やっぱり恨みからの復讐《ふくしゅう》しかないのか……」

夏希は独り言をつぶやいた。

怒りや恨みが高まったとき、人間の脳内では行動活性化システム（ＢＡＳ）が働きを高める。中脳の黒質、腹側被蓋野《ひがいや》、腹側線条体、前頭前皮質などが活性化する。

血流量で脳内の活動を磁気によって計測するｆＭＲＩ用いて、怒りが爆発したときの人間の脳をスキャンすると、内側前頭前皮質という意思決定に関わる部位がクリスマスイルミネーションのように光る。

自分が見下されたり、侮辱されたりしてプライドを傷つけられたときには、相手より自分が上位にあることを示したいという心理が働く。つまり自分の精神内での地位を引き上げようとする心理が働くのである。目的を果たそうという心理が強まったときに復讐へと発展してゆく。

目的が達せられないときに、人は時としてまったく関係のない他者を標的とすることになる。「置き換えられた攻撃（triggered displaced aggression）」と呼ばれるこの心理は、たくさんの研究者によって指摘されている。ＴＤＡは通り魔事件などの動機となるわけである。

北条氏に滅ぼされた和田氏をはじめとする鎌倉武士たちの恨みに自分を重ね合わせたと考えるのがやはり自然だろう。

ワダヨシモリは、こころに抱えたどす黒い思いを籠《こ》めてこの場所に爆弾を仕掛けたのではないか。

現場観察からあたりまえの結論しか導けず、夏希は内心で舌打ちした。

夏希は広場の奥に向かってなんとなく一礼した。

合理的な行動でないことはわかっていたが、この地に溜まった人々の想いに対する畏《い》怖《ふ》のようなものが夏希にそんな態度をとらせたのだった。

夏希は石田たちへ視線を移した。

石田はスマホを覗《のぞ》き込んでいたが、沙羅はじっと夏希を見つめていた。

「もういいよ」

夏希が声を掛けると、二人は足早に近づいてきた。

「真田先輩、成果はありましたか」

石田が明るい声で訊《き》いた。

「ごくあたりまえのことしか浮かばなかった」

「どんなことですか」

沙羅は瞳《ひとみ》を輝かせた。

「ワダヨシモリが、誰かに対して抱いている深い恨みを、和田氏の北条氏に対する恨みに重ね合わせているってことだけ」

　夏希は鼻から小さく息を吐いた。

「やっぱりそうですよね。わざわざこんな人気《ひとけ》のない場所を選んでいるわけですからね」

　沙羅が大きくうなずいた。

「そう言えば、観光客がひとりも来ないね」

「隣の源頼朝法華堂と墓所にはある程度は人が来るようです。でも、ここは史跡として認定されたのも新しくてマイナーだし、同じ法華堂跡なのでごっちゃになっている人も多いみたいです」

　たしかに沙羅の言うとおりだ。夏希も現場に足を運んでいなければ、法華堂跡の情報に接したとしてもごっちゃになっていただろう。

「この近くで初詣《はつもうで》と言えば、やっぱ荏柄《えがら》天神社でしょ」

　石田が柄にもないことを言った。

「へぇ、石田さんも神社に興味あるんだ？」

「天神さまですからね、受験生の神さまですよ。俺も大学受験の前にはお詣《まい》りに来ましたよ」

「ご利益あったの？」

「霊験あらたかですよ。なんせ五つ受けた大学のうち、四つは落ちましたからね」

冗談めかして石田は眉《まゆ》を上げ下げした。

「異説もありますが、福岡県の太宰府《だざいふ》天満宮、京都府の北野《きたの》天満宮と並んで日本三古天神に数えられていますから、受験生の信仰は篤《あつ》いと思います。平安末期の創建で、江戸期に建造された本殿は重要文化財に指定されています」

沙羅はまじめな顔で続けた。

「ここから東へ三〇〇メートルちょっとですよ。なんならお詣りしていきますか？」

冗談だか本気だかわからない石田の声の調子だった。

「いいえ、遠慮しとく」

遊びに来たわけではない。

それにもう受験はたくさんだ。夏希は高校、大学、大学院、医師国家試験とたくさんの受験を経験してきた。

「真田さんの現場観察に立ち合わせて頂いてラッキーでした。一つだけ質問していいですか」

沙羅が身を乗り出して訊いてきた。

「どうぞ……なに？」

「最後に一礼していましたね。あれはどういうことなんですか？」

心底不思議そうに沙羅は訊いた。

「気にしないで。ふだんはあんなことしないよ。ただ、この場所に漂っている霊気というか、人の想いみたいなものに敬意を表しただけなんだ」

「真田さんもそんなオカルトチックなことをお考えになるんですか？」

目を見開いて沙羅は尋ねた。

「いえ、だからそんなもんじゃないって。たとえば、神さまを信じていない人だって、拝殿で手を合わせたりするでしょ。それと同じだよ。日本人の不思議な習俗意識って言うか」

「信仰とは違うものなんですよね」

沙羅は小首を傾げた。

「そうね、信仰じゃないね。えーと、ちょっと違うかもしれないけど、小堀さんはお葬式から帰ってきたときとかに塩を撒《ま》いたことなんかないかな？」

「あ、はい。やります。祖母から教わったんです」

「あれは塩の持つ力で、死者のケガレを浄《きよ》めるって意味を持つんだ」

「聞いたことがあります。飲食店の戸口にある盛り塩も塩の持つ力に由来するんですよね」

「そう。でも、宗教的にはおかしいでしょ。あなたは信仰を持っているかな？」

沙羅は首を横に振った。

「いえ、特定の信仰を持ってはいません。母はカトリックですが、父と相談した上でわたしには洗礼を受けさせなかったんです」

「死者が神に召される教会信徒の場合はもちろんなんだけど、たとえば仏教では亡くなった人はどうなるかな？」

「仏さまになるんですよね？」

「そう。じゃあ神道ではどうかな？」

「神さまですね。なんとかのミコトになりますよね」

「正解。仏さまや神さまが穢《けが》れているはずないよね」

「あ、そうか」

沙羅はハッとした顔になった。

「このあたりをきちんと説明してくれるお坊さんや神主さんもいるけど。多くの日本人はお葬式から帰ってきたら考えもなしに塩を撒く。土俗的なあるいは古代宗教的な死者のケガレへの畏怖が根っこにあるわけ。仏教や神道、キリスト教などの考え方とははっきり矛盾する。でも、そのことを悩む日本人は少ない。なぜなら死者のケガレへの畏怖は仏教や神道よりも古くから日本人の心身に染みこんでいる感覚だから」

「なるほど、わたしのこころのなかにもそうした気持ちがあるかもしれませんね」

沙羅は低くうなった。

「そうね、あなたの身体にも染みついているかもしれない」

「真田さんってすごいですね」

憧《あこが》れの目で沙羅は夏希を見た。

「ちっともすごくないよ。わたし、以前は精神科の臨床医をしていたの。だから、クライエントの悩みを知る上でも、こうした知識が必要だったんだ」

「尊敬します」

沙羅は胸の前で両手を組んだ。

夏希はどう応《こた》えていいかわからず黙った。

「なんだかインテリ同士の会話は違うよなぁ」

石田はおどけた調子で言った。

「茶化さないの」

夏希がたしなめると、石田は首をすくめた。

「すみませーん、では、捜査本部までお送りしますよ」

「悪いね」

夏希たちは住宅地へと続く石段を下り始めた。

下からひとりの男がゆっくりと石段を上ってきた。

ウォッシュの利いたデニムジャケットをチェックのネルシャツの上に羽織って黒いデイパックを背負っている。夏希と同じくらいの年頃だった。観光客か歴史ファンなのだろう。

明るい顔立ちの男は夏希たちを見ると、かるく会釈を送ってきた。

夏希も微笑みを返し、両者は静かにすれ違った。

背後からのどかな鳥のさえずりが響き続けていた。

【3】


鎌倉署の捜査本部に戻ると、なんだか張り詰めた空気が漂っている。

「各部署の連携を緊密にしろっ」

佐竹管理官が声を張り上げている。

連絡要員たちが無線や電話に向けて喋《しゃべ》り続けている。

夏希の姿を見た小早川管理官が足早に近づいてきた。

「ああ、真田さん、ちょうどよかった」

「なにかあったんですか？」

「ついさっき、県警投稿フォームに、ワダヨシモリから新たなメッセージが送りつけられたんですよ」

小早川の眉間《みけん》に縦じわが寄っている。

「どんな内容ですか？」

「まぁ、見て下さい」

小早川は夏希を彼女の席のPCへと引っ張っていった。

――北条義時法華堂跡の爆破は予告に過ぎない。次こそ人身に被害が出る。明日《あした》の予定だ。

「明日……」

夏希はのどの奥でうなった。

「はい、期限を切られました。ですが、メッセージはこれだけです。さっきの真田さんの呼びかけには反応していません。とにかくなんとか犯人とコンタクトを取りたいです」

熱っぽい調子で小早川は言った。

「わかりました。もう一度呼びかけてみます」

夏希はキーボードに向かった。

――ワダヨシモリさん。かもめ★百合です。わたしはさっき、北条義時法華堂跡に行ってきました。あなたの想いを知りたかったからです。どうか、あなたのお話を聞かせてください。

「これでいいですね」

「はい、送信してください」

夏希は送信ボタンをクリックした。

当然のように反応はなかった。

なにやら幹部席あたりが騒がしい。

「いや、しかし織田理事官、明日一日だけでも」

織田が座る席の前に立った佐竹が言葉に力を籠《こ》めている。

「しかし、佐竹さん、寺院の閉鎖は社会的影響が大きすぎます」

「それはむろん承知の上で申しあげている」

佐竹は言葉を尖《とが》らせた。

「犯人は北条氏ゆかりの寺としか限定していないんですよ。歴史的に著名な寺院だけでも五〇やそこらには留《とど》まらないでしょう。いったいいくつの寺院を閉鎖しなきゃいけないのか」

織田もいつになくつよい調子で反駁《はんばく》している。

「では、参詣《さんけい》客の多い大規模寺院だけでも閉鎖できないでしょうか」

佐竹はいくぶんトーンを落としたが、織田ははっきりと首を横に振った。

「たとえば、鎌倉五山のうち四寺院を閉鎖したらどんな事態になるか想像してみてください」

噛《か》んで含めるように織田は言った。

「山門内に入れなかった参詣客で、門前はごった返して混乱を生ずる……想像はできます」

佐竹の旗色はますます悪くなった。

「それに、もし、ハズレだったらどうしますか？」

「え……」

佐竹の声が裏返った。

「閉鎖した寺が無事で、閉鎖しなかった寺で爆発が起きたら、警察への非難が高まります。我々の信用に関わる問題です。どの寺を閉鎖するかを簡単に選べるわけではありません」

警察の権威を大切に考える織田らしい発想だ。が、筋は通っている。

「たしかにおっしゃるとおりですが……」

佐竹は声を落とした。

「三が日は寺院にとってもかき入れ時です。必ずしも協力が得られるとは限らない。閉鎖したいと思っても警察には要請することしかできないのです」

「もちろんわかってます」

佐竹の声は沈んだ。

「とにかく、佐竹さん。たった一度の軽微な爆発に屈するわけにはいきません。ここは高度な警備で乗り切るしかありません」

織田はきっぱりと言い切った。

「そうですね。了解致しました」

ついに佐竹は旗を巻いて管理官席に戻った。

うなずいた織田は、立ち上がって小早川に声を掛けた。

「小早川さん、お願いしたいことがあるんですが」

「はいはい、お呼びですか」

小早川はあえて陽気な声を出して織田の立つところへと近づいていった。

「警備部と連絡をとってください」

織田ははっきりとした声で言った。

「わかりました。警備態勢の強化ですね」

打てば響くように小早川は答えた。

「はい、機動隊の導入をお願いしたいのです。所轄の警備態勢には限界があります。難色を示すようなら、僕が警備課長と直接話します」

「了解です。犯人が明日と期限を切ってきたことで課長も納得するでしょう。おそらく織田理事官にお手数をお掛けするようなことはないと思います」

「ところで鎌倉市の北条氏にゆかりの寺院のリストアップはできていますすね？」

「ええ、ゆかりなどというあいまいな条件なので、少し多めになっているとは思いますが」

「それらすべての寺院に、機動隊員を配置したいと考えます」

「一個中隊は投入できると思います」

小早川は張りのある声で答えた。

「約七〇名ですね。適当な人数でしょう」

機動隊の一個小隊の隊長は警部補で、二十数名の隊員が所属し、バス一台が配備されている。一個中隊は小隊三個から構成され中隊長は警部がつとめる。

今回の捜査本部の捜査員よりも多い人数が、鎌倉市内の寺院警備に投入されることになる。

ちなみに大隊は六個中隊と隊本部を持ち、隊員数は三二〇名ほどである。全体を統括する大隊長は、佐竹や小早川と同じ階級の警視の役職だ。

「寺院の規模にあわせて、それぞれ二名から四名くらいなら配置できるでしょう」

小早川は歯切れのよい口調で答えた。

「けっこうだと思います。ただ、市民が不信感を抱くと困ります。いまの第二回の脅迫メールについての情報を迅速に開示して警備態勢の強化に市民の理解を得るために、記者発表が必要でしょう」

「記者会見を開くことになりますかね」

佐竹が額にしわを寄せて訊《き》いた。

「わたしが警察庁の指示を仰ぎますが、県警記者クラブへの投げ込みでいいと思っています」

投げ込みとは官公庁などが内部に設置している記者クラブなどに、プレスリリースの文書を配布することをいう。警察ではこの文書を報道連絡文と呼んでいる。

「ちょっとした騒ぎになりますね」

小早川の言葉に、織田は眉間にしわを寄せた。

「仕方がありません。お寺に初詣《はつもうで》に行くと機動隊員が出迎えるのでは誰でも驚きますからね」

「おっしゃるとおりです。では、警備部と連絡をとります」

小早川は管理官席に戻って電話を掛け始めた。

織田はゆったりと夏希の席に歩み寄ってきた。

「明日《あした》の犯行を予告してきたなんて大胆ですね」

夏希の言葉に織田は顔をしかめた。

「ええ、実行するか、単なる虚仮威《こけおど》しなのかははっきりしませんが……ところで、現場観察の成果はいかがでしたか」

織田はやんわりと訊いた。

隣の管理官席の佐竹も夏希へ視線を移した。

「たいした成果は得られませんでした。ワダヨシモリが、誰かに対して抱いている深い恨みを、和田氏の北条氏に対する恨みに重ね合わせているということをつよく感じただけです」

夏希は北条義時法華堂跡で感じたことをそのまま織田に伝えた。

「僕にはそこに大きな意味があるように感じますね」

うなずきながら聞いていた織田は夏希の目を真っ直ぐに見た。

「どうしてですか。あたりまえのことのように思えますが」

「もし真田さんの読みが正しければ、この犯行の政治的あるいは宗教的な性質は薄れます」

考え深げに織田は言った。

「織田さんは政治や宗教上の思想信条が動機であると考えていたんですね」

「いえ、まだ判断する材料を欠きます。それに怨恨《えんこん》犯であるとしても、恨みを抱いている誰かというのが個人とは限りません。仏教寺院全般かもしれないし、国家や警察かもしれません。だから、テロ事案であることを否定できません」

「仮にわたしの観察が間違っていなかったとしても、テロは否定できないんですね」

「そう思います。一方で、たとえば利得犯という可能性だって否定できるわけではありません」

「利得犯？　どういうことですか」

「世の中には鎌倉の寺院への初詣客が減って得する者もいるかもしれません」

「いったいそんな人がいるんですか？」

「単なる憶測になるので滅多なことは言えませんが、ほかの地区の観光事業者や寺院が鎌倉の集客を奪おうとしているということも考えられなくはない」

「まさかそんな」

夏希は驚きの声を上げた。

「ええ、まずそんなことはあり得ないでしょう。正体不明の敵に苦しんでいる織田の、この場の戯《ざ》れ言と聞き流してください」

織田は冗談めかして言った。

笑みをたたえて小早川が近づいてきた。

「織田理事官、機動隊一個中隊の配置、ＯＫです」

「それはよかった」

「金沢区富岡東《とみおかひがし》の第一機動隊から寺院リストに従って可及的速やかに警備要員を配置する予定です」

「わかりました。では、プレスリリースを迅速に進めるよう、刑事総務課に連絡しましょう」

「うちの刑事総務課と、もう連絡をとってるんですか」

「神奈川県警の刑事総務課長は知り合いなんですよ。すでに報道連絡文は仕上がっているはずです」

「織田理事官が作成したんですか？」

小早川は驚きの声を上げた。

「いや、刑事部長名義ですから作成は刑事総務課です。ただ、僕が下書きしておきました」

「下書きですって。いつの間に？」

「さっき二度目の脅迫メッセージが出てすぐにスマホで作りました。刑事総務課はたぶんそのまま使うでしょう」

「織田さんの仕事の速さには驚きますね」

小早川は舌を巻いた。

夏希もまったく同感だった。

織田は会話が途切れたところで、電話を掛け始めた。

本部の刑事総務課に指示を入れているのだ。

そのとき夏希のＰＣから着信を示すアラーム音が鳴り響いた。

会議室に緊張感が漂った。

織田も佐竹も小早川も夏希のテーブルの近くに集まってきた。

夏希は鼓動を抑えて投稿フォームの受信欄を開いた。


——あけましておめでとうございます。神奈川県警を代表するかもめ★百合さんからメッセージを頂けるとは光栄ですね。

「ワダヨシモリからの返信ですね……」

小早川の声がかすれた。

「対話できるように誘導してください」

電話を切った織田は気負い込んで言った。

「わかりました」

夏希はこころを静めてキーボードを叩《たた》いた。

――ワダヨシモリさん、おめでとうございます。お返事ありがとうございます。あなたとお話しできて嬉《うれ》しいです。わたしはあなたのお力になれることを探しています。

「これでいかがでしょう」

夏希は織田たちに訊いた。

三人は無言でうなずいた。

――僕の力になってくれるんですか。そりゃあ嬉しい。じゃあ、こっちへ来て爆弾作りを手伝ってくれますか。

「なにを馬鹿なこと言ってんだ」

佐竹が舌打ちした。

「真田さん、レスポンスは速いほうがいいです。僕たちに確認しないで、どんどん会話を進めて下さい」
織田の言葉に小早川も賛同した。
「そうです。お任せします」
「わかりました」
ふたたび夏希はキーボードに向かった。

――そのご要望にはお応《こた》えできませんね。

――なんてもちろん嘘です。

――安心しました。

――北条義時法華堂跡に行ってきたって言ってましたよね。

――はい、あなたの気持ちを知りたくてしばらくあの草原の広場に立っていました。

――なにを感じましたか？

――あなたがつらい思いをされたことです。

――僕がつらい思いをしたって、どうしてわかるんですか？

――あの場所は、むかしからたくさんの人のつらい思いや苦しい思いが澱《おり》のように沈んでいる場所だと感じたからです。

――なんかオカルトめいているなぁ。鎧《よろい》武者の地縛霊でも見ましたか？

――いいえ、そういうわけではありませんが、あまりにも淋《さび》しい場所ですから。

――なるほどね。まぁ、人間、誰でもつらい思いに襲われることはあるでしょう。かもめ★百合さんはつらい思いに襲われることなんかはないんですか？

――もちろん、たくさんあります。

――たとえばどんなことですか？

――あなたのメッセージを読んで、北条義時法華堂跡に行ったらつらくなりました。

――ぼくのことはいいです。もっとほかのことで教えてください。あなたのパーソナルなことで。失恋とかないんですか？

――え……失恋は経験ないです。

――充実した恋愛生活を送っているんですか？

夏希はちょっとムッとしてキーを叩いた。

――恋人はいません。婚活してるんですけど、ぜんぜんうまくいかなくて、最近はあきらめています。

返信が途絶えた。

「真田、ふざけすぎだ」

佐竹が苦々しい声を出した。

だが、夏希としてはまじめに答えたのだ。そうでなければ、仕事の愚痴になってしまう。

着信アラームが鳴った。

——ごめんなさい、笑いすぎてお返事が遅くなりました。

——笑わないでください。

——なんで結婚したいんですか？　経済的には恵まれているでしょう？　仕事が嫌で専業主婦に収まりたいとかですか？

——仕事は好きです。辞めたいとは思っていません。それに専業主婦になれるほど家事はできないです。

——では、なぜですか？

夏希は答えに窮した。婚活を続けていたことは小早川のせいで多くの仲間が知ってしまった。

だが、結婚したい理由までは誰も知らないはずだ。

──教えてくれないんですか？　では、さようなら。

「真田さん、質問に答えて」

織田がつよい調子で促した。

──待って下さい。お話しします。

──ぜひ、聞かせてください。

──オキシトシンって知ってますか？　幸せホルモンとも俗称されています。

──さぁ、わかりません。

──大脳視床下部を中心として脳から分泌される神経伝達物質なんですが、この物質の分泌が減ると、人間は些細《ささい》なことで不安を感じるんです。情緒が不安定になったり、イライラを感じやすくなります。

――どういう原因で減少するんですか？

――まずはなんといってもストレスですね。急性のストレス刺激や慢性のストレス刺激はオキシトシンの減少の要因となります。それから誰かと会話をする時間が減ったり、自分の感情を表現する機会が減ったりすることも原因だと考えられています。

――ネットの発展で対面的な人とのふれあいは減りましたからね。僕もオキシトシンが不足しているかもしれません。情緒不安定ですからw

――精神的な面だけではなく、オキシトシンの不足は、健康に対してもさまざまなリスクを与えます。極端に言うと寿命を縮める原因ともなり得ます。

――なるほど、オキシトシン不足は怖いですね。

――そうです。逆にオキシトシンが潤沢に分泌されると、神経伝達物質のセロトニンの分泌も促進されます。セロトニンは精神の安定や安心感を与え、頭脳の回転をよくする働きも持ちます。わたしは二〇代の終わり頃から、自分の脳内でオキシトシンが明らかに分泌不足となっていることを自覚しています。

——それと婚活とどういう関係があるんですか？

夏希は一瞬躊躇《ちゅうちょ》したが、ここまで来て答えないわけにはいかない。

——オキシトンは、親子や家族のふれあいや親しい友人とのおしゃべりなどで増加するという研究結果があります。ペットと仲よくするのも効果的と言われています。でも、恋人や夫婦同士のスキンシップでは、さらに顕著に分泌することが明らかにされています。人間はひとりでは生きていけない動物なんです。

——つまり、かもめ★百合さんはオキシトシンを増加させたいから結婚したいわけですか。

——はい、結論から言うとそういうことになります。

まわりでいっせいに笑い声が上がった。

「いや、そういうことだったとは」

「マジですか」

「真田がなぁ」

ひとりの理事官とふたりの管理官は次々にあきれ声を出した。

「笑いごとじゃないんです」

夏希は鼻を鳴らした。自分だって、こういう事態だから恥ずかしさをこらえて仕方なく告白したのだ。

しばらく返信はなかった。

「どうした？　レスが来ないぞ」

佐竹が不安げな声を出した。

着信アラームが鳴った。


――笑いすぎてお返事遅れました。お腹痛いです。

――笑わないでください。まじめに言ってるんですから。

――おもしろい人ですね。かもめ★百合さんって。

――おもしろいですか？

そんな自覚はない。

――だいいち、かもめ★百合さんは美人じゃないですか。

――ありがとうございます。でも、ニカ動で流れた画像は不鮮明ですから。

――いや、さっき見たら、本当に美人でしたよ。

――さっきですって？

――あなたが北条義時法華堂跡に行ったときですよ。

――近くにいたんですか！

――まぁね。そういうこと。

「え？」

「どういうことだ」

小早川と佐竹が顔を見合わせた。

「北条義時法華堂跡に行ったとき、それらしい人物を見ましたか？」

織田は気負い込んで訊《き》いた。

「さぁ……ただ、法華堂跡から帰るときに、石段を上ってくる三〇代くらいの男性とすれ違いましたが」

とても爆弾犯人という雰囲気でなく、ほがらかな表情だった。

「そいつだ！」

いきなり佐竹が声を張り上げた。

「さっそく手を打ってください」

織田も興奮気味の声を出した。

「いや、たぶん違うと思いますよ」

夏希は少しあわてて答えた。

「その男は、石田と小堀も見てるわけだな？」

だが、佐竹は聞く耳を持たなかった。

「はい、一緒にいましたから、もちろん見ています」

「おい、誰か、石田を呼び出せ」

佐竹は無線機の並ぶ窓辺へと足早に去った。

「真田さん、対話を続けてください」

小早川がかたわらで言った。

不安はあったが、対話を続けなければならない。


――ね、本当にわたしのこと見たの？

――美人じゃないですか。婚活なんてしなくても男が寄ってくるでしょう。

――そうじゃないから、婚活してるわけです。

――いいこと思いつきましたよ。

――なんですか？　いいことって？

――たくさんの男性に、かもめ★百合さんに注目してもらいましょう。

――え？　どういうことですか？

——鶴岡八幡宮に舞殿、あるいは下拝殿と呼ばれる建物があるの知ってますか？

——初詣《はつもうで》に行ったときに見ました。朱塗りの立派な建物ですよね。

——ええ。あれは近年になって造られたものなのです。でも、鎌倉時代にも舞殿はあって、有名なエピソードがあります。源頼朝の命で、源義経の愛人だった白拍子の静御《しずかご》前《ぜん》が舞ったのです。

——聞いたことがあります。

頼朝は義経の追討を命じており、捕らえられた静御前は屈辱から断った。だが、頼朝は許さず、再三舞うことを命じた。静御前は罪人義経を慕う歌とともに舞って頼朝を激怒させた。だが、夫人の北条政子《まさこ》が「わたしでも同じように歌うでしょう」と取りなしたために一命を救われた。そんな話ではなかったか。

「犯人は鶴岡八幡宮の歴史にはそれほど詳しくないようですね。静御前が舞ったときは舞殿は建立されておらず、若宮社殿の回廊で舞ったとされていますよ」

小早川がウィキペディアを見ながら言った。

──あの舞殿で舞って下さい。

──誰の話をしているんですか？

──もちろん、かもめ★百合さん、あなたの話ですよ。

血の気が引いた。ワダヨシモリはなんという要求をしてくるのだろう。

──冗談はやめて下さい。

──冗談なんて言ってないです。最初にあなたは僕の力になれることを探してくれているって、そう言ったじゃないですか。

──わたしが舞ったら、あなたの力になるというのですか。

──あなたが舞うのを見たら、僕は明るい気持ちになれると思います。

──わたしはいままで舞ったことなんてありません。ダンスはすべて苦手です。

――まねごとでいいんですよ。

――無茶なこと言わないで下さい。あなたは舞えるんですか？

――しょうがないなぁ。でも歌うことはできますよね？

――はっきり言って音痴です。

正直な話、夏希は歌も踊りも苦手だった。

――カラオケに行ったことはあるでしょう？

――それはありますけど。

――じゃ、決定。あの舞殿で歌って下さい。

――そんな無理です。

——あなたが歌ってくれたら、僕は明るい気持ちになるでしょう。そしたら、次の爆破をやめてもいいと思うんじゃないんでしょうか。

——なにを歌えばいいんですか？

——テレビアニメの『鬼賊《きぞく》の剣』って知ってますか？

——大人気ですから。あまり視ないけど知っています。

——acu《アキユ》ってシンガーが歌ってるオープニングテーマの『レッドフラワー』をリクエストします。

二〇代半ばの人気女性歌手が歌っている大ヒット曲だ。聴いたことはあるが、歌えるはずはない。そもそも、犯人のこんな要求に応《こた》えることはできない。

——ちょっと考えさせて下さい。

――条件があります。カラオケ使って伴奏入れて下さい。

――伴奏ないと歌えませんから。

――もうひとつ在京キー局の生中継をお願いします。そうだな、サクラテレビがいいかな。

夏希の額に嫌な汗が噴き出した。自分の恥を全国にさらせというのか。あんな場所で歌うだけでも屈辱そのものだ。それをテレビで中継しろとはなんという要求だろう。夏希は怒りを抑えられずにキーを叩《たた》いた。

――わたしに恥をかかせて楽しいですか。

だが、ワダヨシモリは無視した。

――明日《あした》の一六時からお願いします。僕はテレビで見てますから。

――ちょっと待って下さい。わたしそんなことお受けできません。

――僕のリクエストはサクラテレビにも伝えときますね。では、明日の一六時ですよ。歌ってくれなかったら、たくさんの人の生命が失われるような爆発を起こしますからね。では、今日はこれくらいで。明日を楽しみにしています。

――待って、ワダヨシモリさん。

返信は消えた。

――ねぇ、返事をして下さい。

夏希は何度か必死に呼びかけたが、それきり返信は途絶えた。

「なんていう犯人だ」

佐竹が吐き捨てるように言った。

「困った要求をしてきましたね」

織田は眉間《みけん》にしわを寄せて腕組みをした。

「一一時三七分通信終了。長い通信でしたので、いちおう発信元を追いかけさせます。まぁ、同じような対策を施しているでしょうから、特定の難しさは変わらないと思いますが」

小早川は管理官席に戻ってどこかに電話を掛け始めた。

「犯人がサクラテレビに接触する前に、こちらがプレスリリースしないとまずいな。とにかく急がせよう」

織田もスマホを手に取った。

電話を切った織田に、夏希ははっきりと拒絶の意を示した。

「織田さん、わたし嫌です」

そもそもたくさんの人の前に出る仕事が嫌いだから、精神科医や臨床心理士の道を選んだのだ。

ひと言で言えば、引っ込み思案の自分だ。

テレビなどに出るのはまっぴらご免だ。

考えただけで背中にじんましんが出そうだった。

「もちろんです。当然ながら、あんな要求に応えるわけにはいきません」

眉間に深い縦じわを寄せて織田はきっぱりと言い放った。

「織田理事官、わたしはこのくらいの要求なら呑《の》んだほうがいいのではと考えています」

ところが、佐竹は織田に反駁《はんばく》した。

「さ、佐竹さんっ、わたしにテレビの前で歌えというのですか」

夏希はあわてて佐竹に苦情を言った。

「真田にはまことに気の毒だが……」

佐竹は言葉を濁した。

「いや、佐竹さん。それはまずい。テロには屈しないというのが世界的な方針です。こんな屈辱的な要求に警察が応えるわけにはいきません」

「お言葉を返すようですが、無視すれば次の爆破をすると言ってるんですよ。真田が歌うくらいのことで防げるのであれば代償は少ないのではないでしょうか」

織田は首を横に振った。

「もしこの要求を受け容《い》れたら、犯人は図に乗ります。きっと新たな要求をしてくるに違いない。警察の威信に掛けても突っぱねるべきです」

織田は夏希を守ろうとしているのではない。

彼は警察の威信を守ろうとしているのだ。

もちろん織田の主張は正しいが、夏希はいくばくかの淋《さび》しさを感じた。

「わたしは真田さんの歌が聴いてみたいですね」

電話を終えた小早川が茶化すように言った。

「あのね、小早川さん、そういう問題じゃないでしょ」

夏希はあきれ声を出した。

「冗談です。織田理事官、この件に関しては捜査本部で判断するのは難しいと思います。どうでしょう。上の指示を仰いでは」

まじめな顔に戻って小早川は提案した。

「小早川さんの言うとおりですね」

織田はふたたびスマホを手にした。

「わたしはやはり犯人の要求に応えたほうがいいと思う」

佐竹は自分の主張を繰り返した。

「嫌ですよ。テレビの前で歌うなんて」

夏希は思いっきり顔をしかめた。

しばらくの間、織田は会話を続けていた。

どこへ掛けているのかはわからなかったが、警察庁の担当部局なのだろう。

「ところで、真田さん、犯人の印象を話してくれませんか」

電話を切った織田が、夏希本来の仕事の話を振ってくれたので夏希はホッとした。

「そうですね、言葉づかいはナチュラルに丁寧ですし、語彙《ごい》も豊富です。また、砕けた調子ながら文法的にも誤りが少ないです。家庭環境には比較的恵まれ、高等教育を受けた人物であると思われます。さらに明るい文体や愛想のよさからは安定した精神状態が窺《うかが》われ、追い詰められた人間という悲惨さを感じません。警察官であるわたしと対話しているのにもかかわらず、緊張感を持っているようには思えないです。わたしの婚活の話や結婚したい理由を話したときに本当に笑っていたのだとしたら、リラックスしていたわけです。この点からは、ひじょうに胆力が強いというか、タフな精神の持ち主だと思います。また、わたしに鶴岡八幡宮の舞殿で歌え、それをテレビで中継しろと理不尽な要求を平気で突きつけています。この点などを総合的に勘案すると《反社会性パーソナリティ障害》の傾向を帯びた人間像が浮かんできます」

夏希は確信していた。

「サイコパスって言っちゃいけないんですよね」

小早川はわかっていてからかっているのだ。

「ええ、サイコパスはハリウッド映画などで広まった大衆向けの心理学的用語です。いずれにしても、他人を欺いたり権利を侵害したりすることに罪悪感を持つことができない障害です。愛嬌《あいきょう》たっぷりでおしゃべり上手で、表面上は感じのよい人間が少なくないんです。でも、他者を操るために嘘をつくことに良心の呵責《かしゃく》を感じないのです。だから、彼が北条義時法華堂跡にいてわたしを見たというのはたぶん嘘です。石段で出会った男性は無関係だと思います、ワダヨシモリはわたしたちを混乱させようとしているのだと思います」

「そうだ、石田からの連絡がないな」

佐竹が首を傾げた。

「でも、美人だと言っていましたよね」

織田が話の続きを促した。

「美人かどうかはすごく主観的なことです。背が高いとか低いとか、太っているとか痩《や》せているとか言っていません。たとえば織田さんを背が低いと言ったら一発で嘘だとわかります」

織田は一八〇センチ近いのだから、日本人で背が低いと表現する者はいないはずだ。

「平気で嘘を吐くタイプなんですね」

「はい、ワダヨシモリの発言は要注意です。真実のなかに巧妙に嘘を忍び込ませるようなタイプだと思います。それに、たぶん男性ではないかと思います」

「僕という自称を使っていましたね」

「自称は嘘かもしれないので、判断材料にはなりにくいです。でも、わたしをからかう態度が女性とは思えませんでした。どこかにセクハラ的な要素を感じました。それから単語の選び方からは老人とも極端に若い人とも感じませんでした。はっきりしたことは言えませんが、三〇代から五〇代くらいのように思えます」

いまの対話から夏希が感じたワダヨシモリ像はこんなところだった。

「なるほど、真田さんの分析結果をまとめると、三〇代から五〇代の育ちのいい高度な教育を受けた男性。精神的にタフで《反社会性パーソナリティ障害》の疑いのある人物ということになりますね」

「もちろんこれだけの対話で断定的なことは言えません。ひとつの推論です」

「しかし、今後の対応の参考にはなる」

佐竹は重々しい顔でうなずいた。

そのとき、佐竹のスマホが鳴動した。

「なに、そうか。間違いないんだな」

椅子から立ち上がって電話に出た佐竹の表情が曇った。

「わかった。念のため、真田にも確認してもらう。とりあえず戻ってこい」

佐竹は夏希たちを見まわして口を開いた。

「真田が現場の石段ですれ違ったという男は無関係だった。詳しくは石田に報告させる」

苦り切った顔で佐竹は腰を下ろした。

「現場にいたというのはやっぱり嘘だったんですね」

小早川が鼻から息を吐いた。

「ワダヨシモリが嘘つきという真田さんの分析は正しいようですね」

織田は夏希の顔を見ながら言った。

「そうだ、テレビをつけておきましょう。記者発表を受けてそろそろ速報が入りそうですし、犯人はサクラテレビに接触すると言っていますので」

小早川は管理官席に近いテレビに歩み寄っていった。

しばらく状況の変化はなかった。

窓際の無線機も時おり確認事項の連絡が入る程度だった。

「出ましたよ」

音を消したテレビに見入っていた小早川が小さく叫んだ。

「どっちです？」

織田の声はこわばっていた。

「ご安心を。うちの発表が先です」

小早川は明るい声を出した。


――ワダヨシモリを名乗る北条義時法華堂跡爆破犯人が明日《あした》の爆破を予告。神奈川県警は厳戒警備態勢に。


バラエティ番組の画面にテロップが流れた。

「よかった。犯人からのメッセージに後れずにすみました」

表情をゆるめて織田は答えた。

戸口に石田と沙羅が姿をあらわし、管理官席の佐竹のところへ歩み寄った。

「戻りました」

「現場の石段ですれ違ったという男は間違いなく今回の犯行とは無関係なんだな？」

佐竹は険しい目つきで訊《き》いた。

「無関係ですよ。佐竹管理官からのご指示に従い、我々はすぐに現場に戻りました。すると、その男、山崎《やまざき》さんって言うんですが、山崎さんはまだ法華堂跡にいたんです。

我々が会った時刻は一一時三一分です」

　石田ははっきりとした声音で言った。

「そうか……その時間は真田さんがまだワダヨシモリと対話していたわけだな」

　小早川がうなった。

「ええ、その場でスマホなどの通信機器も出していなかったし、怪しい素振りも見せませんでした。我々が職務質問掛けてもぽかんとしていましたよ。念のため、所持品も見せてもらいましたが、不審物はなにひとつ所持していませんでした。横浜市港南《こうなん》区に住む会社員で歴史好きだそうなんですよ。所番地もメモしてきましたけど、連絡する必要はないでしょう……真田さん、これ見て下さい。山崎さんに写真撮らせてもらったんですよ」

　石田はスマホを差し出して画面を夏希に見せた。

　たしかに石段ですれ違った三〇代の男だった。

「この人で間違いないです」

　まわりの人々を見まわしながら夏希は断言した。

「そうか……」

　佐竹の声はさえなかった。

「さっきも言いましたが、ワダヨシモリは平気で嘘を吐くタイプだと思います。彼の発言は常に疑って掛かるべきです」

繰り返して夏希は注意を促した。

小早川はテレビのチャンネルを次々に変えて放送されている内容をチェックしている。

「いや、ワダヨシモリのメッセージが出ちゃいましたね。サクラテレビです」

嘆くような声で小早川は画面を指さした。

ちょうど一二時からのニュースの時間帯だった。

男女二人のキャスターが座っているお決まりの画面に目をやった夏希は息を呑《の》んだ。

中央のボードに最悪のメッセージが表示されている。


——あけましておめでとうございます。鎌倉新春爆破犯人のワダヨシモリです。

明日の一六時、鶴岡八幡宮の舞殿で素敵なライブがあります。なんと、神奈川県随一の頭脳、かもめ★百合がシンガーとしてデビュー。あの美人心理分析官が歌うは人気アニメ『鬼賊の剣』のOP『レッドフラワー』。これは見逃せません。


小早川はテレビの音量を上げた。

「サクラテレビは爆弾犯人からとんでもないメッセージを受け取りました」

甲高い声で女性キャスターがなかば叫ぶように言った。

「いやはや、前代未聞の事態になりましたね」

男性キャスターはうなり混じりの声を出した。

「メッセージはこれだけではありません」

女性キャスターの声に従ってボードの表示が切り替わった。

――なお、かもめ★百合さんが一六時までに舞殿に現れなかった場合には、明日の一七時までに鎌倉市内の北条氏ゆかりの寺を爆破します。おそらくは人的被害が出ます。神奈川県警は覚悟してください。

主催者であり、プロデューサーであるわたくし、爆弾犯人ワダヨシモリが、サクラテレビさんに独占放送権を与えます。また、テレビ以外は自由に取材してください。もちろんすべての YouTuber もＯＫ。なお、サクラテレビとわたくしの間に特別な関係はありません。適当に選んだだけです。発表しなければやはり爆破を行います。

皆さま、明日の一六時をどうぞお楽しみに！


「いや、これは警察への不敵な挑戦ですね」

男性キャスターがいささか興奮気味の声で言った。

「かもめ★百合さんはこの挑戦を受けて立つのでしょうか」

女性キャスターの問いかけに、男性キャスターは、重々しい調子で答えた。

「ご本人というより、神奈川県警がどう判断するかでしょうね」

「神奈川県警からは、いまのところこのメッセージに対する公式見解は出てないんですよね」

「犯人のワダヨシモリが書いていますが、このメッセージははわたくしどもサクラテレビにだけ寄せられたものです。神奈川県警とは協議しましたが、発表しなければ次の犯行を行うとの言葉に従うほかないとの判断となりました」

「それにしても、明日の鎌倉の安全はかもめ★百合さんの双肩に掛かってしまったんですね。彼女はいまどんな気持ちなんでしょうか」

女性キャスターはさも気の毒そうな表情を造った。

「もう音を落として下さい」

たまらなくなって夏希が頼むと、そばに立っていた制服警官が音声を消してくれた。

「くそっ、馬鹿にしやがって」

佐竹が机を叩《たた》いた。

「思っていた以上に、挑戦的なメッセージですね」

織田が眉間《みけん》にしわを寄せた。

「いや、こりゃ大変だ」

小早川が裏返った声を出した。

いつの間にかPCを覗《のぞ》き込んでいる。

「どうしたんですか?」

不安を抑えて夏希は尋ねた。

「ツィンクルですよ。かもめ★百合で検索掛けたら、もうたくさんの投稿が入ってます」
「だって、いま報道されたばかりですよ」
夏希は驚いてＰＣの画面に目をやった。

――あすの一六時。かもめ★百合ライブ。ワクワク。

――かもめ★百合に歌わせなきゃ、これ神奈川県警やばいでしょ。

――歌わせずに爆発起きたら、どう責任とるつもりだ。

――たかだか歌うくらいのことで爆破が防げるんだぞ。

――かもめ★百合の姐御《あねご》頼みます。鎌倉を守って。

次々に投稿は増えてゆく。
「ネット上は歌えの一色ですね」
小早川は乾いた声を出した。
「ええ……」

夏希はまともに返事ができずにいた。

「そんな……あり得ない」

織田は苦り切った。

自席に戻った夏希は、しばらく放心したようにPCの画面を眺めていた。

夏希の登場を促すメッセージは増えるばかりだった。

「でも、上が認めるはずはありません。こんな要求に応じたら、神奈川県警始まって以来の屈辱です。そんなことは許されない。もし次の犯行が起きたとしても、その責任は犯人が負うべきものです。どこからどう考えても真田さんの責任ではない」

かたわらに立った織田が言葉に熱を籠《こ》めた。

「そうですよね。そんな無茶な理窟《りくつ》はありませんよね」

佐竹はすでに織田の考えに屈したのか、渋い顔つきで黙っていた。

小早川は自席でPCを見つめながら、どこかに電話を掛けている。

そのとき織田の携帯が鳴った。

織田は顔つきを引き締めて電話を取った。

「え？　本当ですか？」

驚きの声が響いた。

夏希は嫌な予感に襲われた。

「しかし、それでは……なるほど……ええ、わかりました。こちらで対処していきます」

織田の声には不満といらだちが感じられた。

「まったく理解できない」

電話を切った織田は憤懣《ふんまん》やるかたないという調子で言った。

「どういう指示が出たんですか」

「犯人の要求に応《こた》えるようにとの指示が出ました」

織田は静かな声に戻って答えた。

「そんなまさか……」

夏希は言葉を失った。

「仕方がないことです」

「織田さんは犯人の要求に応えるべきではないとの考えだったんじゃないんですか」

少しく夏希は腹を立てていた。

「これは長官官房の指示です。僕がとやかく言えるレベルじゃないんです」

織田の声は力なく響いた。

「長官官房ですって！」

夏希は叫んだ。

佐竹も小早川も石田や小堀も連絡要員たちもいっせいに織田を見た。

「警備運用部から長官官房に照会がいったようです。具体的には官房の総務課あたりが決めて、最終的に判断を下したのは官房長だと思います。が、長官のお耳にも達しているはずです」

相変わらず織田の声には元気がなかった。

「ちょっと雲の上過ぎて、わたしには想像のつかない方たちですね」

佐竹が息を吐いた。

長官がナンバーワンであることは間違いないが、官房長は警察庁次長に次ぐ日本警察組織のナンバースリーと言ってもよい地位だ。階級は警視監だが、ある意味で地方警察の長に過ぎない警視総監よりも力を持つとも言える。

もちろん夏希は顔を見たこともない。

「そうですね……織田さんが異論を挟む余地がないのは当然です」

小早川もあきらめ顔で答えた。

「神奈川県警には佐竹さんから直接連絡を入れて下さい。もちろん僕からも連絡しますが、僕の連絡は非公式なので……。まず黒田刑事部長に連絡してください。また、サクラテレビとの調整やステージの準備がいろいろ必要だと思いますので、刑事総務課長にも連絡してください」

「了解しました」

佐竹は歯切れよく答えた。

「小早川さんにもお願いしたい」

「はい、なんなりと」

「まず、明日《あした》の夕刻、鶴岡八幡宮を閉鎖しなければなりません。その点で八幡宮側と折衝する必要があります。また、現在の警備態勢を一部変更して、境内の警備を強化しなければなりません。警備については当然ながら鎌倉署にも協力してもらいます。署長に声を掛けて下さい」

「わかりました。迅速に処理します」

小早川はすぐに電話を取りだした。

「ち、ちょっと待ってください」

夏希はあわてて顔の前で手を振った。

「なんですか」

織田は平らかな声で訊《き》いた。

「わたしはこれっぽっちも歌うなんて言ってませんよ」

激しい口調で夏希は言った。

「しかし、警察庁の判断が下ったのです。犯人の要求に応えるしかありません」

「嫌ですよ。わたしは歌手じゃありません」

夏希はにべもない調子で突っぱねた。

「これは真田さんだけの問題じゃないんです。いま佐竹さんや小早川さんにもさまざまなことをお願いしたように、警察組織の全体でこなしていかなければならないプログラムなのです。照明やカラオケのPAなどはサクラテレビの手を借りる必要があるでしょう。もはや、問題は真田さんだけのものではなくなってしまったのです」

織田の言っていることはひとつの理窟だ。

「だけど……犯人に歌えって言われてるのはわたしですよ。わたしは歌いたくありません」

夏希にはどうしても納得がいかなかった。

「真田さんは神奈川県警の職員だから、黒田刑事部長から正式な命令が下るはずです」

「命令ですか」

「はい、命令のかたちを取ると思います。なので断ることはできません。あなたが警察官でいる限りは」

淡々と話す織田の言葉は辛辣《しんらつ》だった。

「つまり、歌うか警察を辞めるかどっちかだと言うんですね」

気の毒そうな顔つきになって織田はうなずいた。

織田の言葉は理窟ではわかっていた。

こういう状況に追い込まれたのは織田のせいであるはずがない。

だが、夏希はもやもやとした感情にさいなまれていた。

あの函館の丘で新たな未来への期待が夏希のこころに芽生えた。

照れくさかったが、織田や上杉《うえすぎ》の言葉は嬉《うれ》しかった。

いまの織田は函館とは別人のように冷たい。

もちろんここは仕事の場だ。しかも、常に緊張感を最大限に持つべき捜査本部だ。

プライベートな感情はわずかでも持ち込むべきではない。その意味で織田の態度は正しい。

むしろ織田が仕事上の判断に私情を持ち込んだとしたら、夏希は失望するに違いない。

そうは言っても、自分のこころがくすぶるのは避けようがなかった。

明らかに矛盾しているが、人間の感情が理窟と乖離《かいり》することは少しも珍しくない。

「進言してもよろしいですか」

石田がかしこまった態度で歩み寄ってきた。

夏希は少しだけ期待した。石田はなにかよいアイディアを出してくれるのだろうか。

「なんだ、石田、言いたいことがあるならさっさと言え」

佐竹がちょっとイラつき気味に急《せ》いた。

「実は自分は学生時代にバンドやってたんすよ」

「ほう、見かけによらないな」

佐竹は感心した声を出した。

「しかもヴォーカルだったんでカラオケは得意なんですよ。真田さんにしっかりトレーニングします」

「そうか、たまには役に立つな」

「ひどいなぁ。いつも役に立ってますすよ」

冗談めかして石田は笑った。

石田は助け船を出したのではなかった。

「わたしは歌いたくない」

自分でも駄々っ子のようだとは思ったが、夏希は拒否の意思表示を続けた。

「ね、真田さん、わかってください。あなたが勇気を出してくれれば、明日の爆発を避けられるのです。警察官はときには生命を賭《か》けて市民を守らなければならない職責を担っています。鉄砲玉の飛び交うなかに立たなければならないこともあるのです」

織田は嚙《か》んで含めるように説得した。

夏希は織田の言葉を素直に聞く気にはなれなかった。

警察庁の判断が下るまでの織田は、夏希が歌うことには真っ向から反対していたのだ。

言葉は悪いが、変わり身が早すぎる。

もっとも、だからこそ織田は出世頭となったのだろう。

長官官房の判断に抗《あらが》っても無駄な労力を使うことにしかならない。

一方で、この織田の言葉には真実が含まれているとも感じられた。

自分は警察官だ。市民の安全を守るために危険を冒す仕事なのだ。

「わたしは……音痴です」

それでも夏希は愚にもつかぬ言い訳をした。

「そのことは犯人も承知しています。ヘタだったからと言って誰もあなたを責めません」

織田はふんわりとした調子で言葉を重ねた。

これ以上、拒み続けるのは、ただのワガママにも思えてきた。

いいさ、歌ぐらい歌ってやろうじゃないか。

そんなヤケクソ気味の気持ちになってきた。

「ひとつだけ条件があります」

夏希はその場の人々を見まわしてつよい口調で言った。

「なんでしょう？」

織田が笑みを浮かべて訊いた。

「顔出ししたくありません」

夏希はきっぱりと言い切った。

「しかしそれでは、かもめ★百合とわからないのでは？」

懸念するように小早川が眉《まゆ》を寄せた。

「せめてベネチアンマスクかなんかで目もとだけでも隠したいです」

「あの仮面舞踏会で使うクラシックなマスクですね」

小早川は小さくうなずいた。

「だって、完全に顔出ししてしまったら、今後の捜査に差し障りませんか？　わたしの顔はニカ動で一度だけ撮られました。現在もキャプチャー画像はいくつか消えずに残っています。でも、不鮮明なものです。テレビ局のカメラで放映されてしまったら、全国の人がかもめ★百合の顔を知ってしまいます。だからせめて目もとは隠したいのです」

夏希は熱を籠《こ》めて訴えた。

「一理あるな。刑事捜査に携わる者はできるだけ身バレしないように努めるべきだ」

すぐさま佐竹が賛意を示した。

「どうですか。織田理事官、目もとを隠すマスクは仕方ないんじゃないでしょうか？」

佐竹は取りなすように言った。

「しかし、犯人が納得するでしょうか」

織田は難しい顔を見せた。

「だけど、ワダヨシモリは顔出しをしろとは言っていませんよ。ただ、わたしに歌えと要求してきているだけです」

屁理屈《へりくつ》のようだが、夏希はこの事実を根拠にしていた。

「それはそうなんですが」

織田はためらいがちに答えた。

「それでも同一性の確認はできるはずです。口もとやあごのラインなどは隠さないわけです。現在流布している画像と比較すれば、わたしであることは一目瞭然《りょうぜん》です。つまり、かもめ★百合に歌えというワダヨシモリの要求にはきちんと応《こた》えることになります」

夏希は力を込めて織田を見た。

「織田理事官、なにからなにまであの馬鹿野郎の言いなりになるのは癪《しゃく》ですよ。真田が言うとおり、顔出しは要求してないんだからいいんじゃないんですか」

佐竹が援護射撃をしてくれた。

どうやら佐竹は警察をコケにしているワダヨシモリに心底腹を立てているようである。

「わかりました。では、マスクも用意してもらいましょう」

織田はあきらめたようにＯＫを出した。

「僕が用意しますよ。ついでに衣装もそろえましょうか？」

小早川はウキウキした調子だ。

「衣装なんて着ませんよ。ふだんの服でじゅうぶんです」

夏希は不快感いっぱいに答えた。

「佐竹管理官、もしさしつかえなければ、捜査から外れて真田分析官の歌の面倒を見たいのですが」

石田がまじめな顔つきで申し出た。

「かまわんよ。石田ひとり抜けたくらいで、捜査にはまったく影響しないからな」

佐竹はニヤついて許可した。

「あ、またそんなこと言うんですね」

わざとらしく石田は肩をすぼめた。

「夜八時に二回目の捜査会議だな。それまでに戻ってこい」

「了解です」

挙手の礼で石田は応えた。身体を折るのが室内での敬礼だからふざけているのだが、佐竹はとがめなかった。

あまりにもおかしな話が続いて、捜査本部の緊張感が薄れているのかもしれない。

「明日《あした》の準備があるだろうから、真田は戻ってこなくていいぞ。明日は九時から捜査会議だからな」

佐竹は珍しい気遣いを見せた。

「ありがとうございます。戻りません。もし、ワダヨシモリから投稿があったら、小早川さん、わたしのスマホに連絡ください。外から対応します」

「わかりました。よろしくお願いします」

小早川はホッとしたように答えた。

「石田さん、ぜひトレーニングお願いします。実はちゃんと歌えないんだ。せめて一番だけでも歌えるようになりたい」

夏希は頭を下げた。

「まかせてください」

石田は張りきって請け合った。

「あの……わたしはどうしましょうか？」

隣に立つ沙羅がとまどいの表情で尋ねた。

「これから誰かと組ませるのも面倒だな。小堀もつきあえ」

佐竹の言葉に沙羅はぱっと明るい表情になった。

「ありがとうございます。おともします」

沙羅は夏希たちに向かって頭を下げた。

「鎌倉にはカラオケ屋少ないし、正月で混んでるだろうから大船《おおふな》あたりに行きましょうか」

「カラオケボックスなんてほとんど行ったことないからよろしくね」

「はい、どこかで飯食ってから繰り込みましょう」

石田は元気よく答えた。

「おい、どこへ行っても八時までに戻ればいいが、クルマは置いてけよ。午後からほかの連中に割《くぎ》り振るから」

佐竹が釘を刺した。この捜査本部で使える覆面パトの台数には限りがあるに違いない。

「了解です。さぁ、さっそく出かけましょう」

どこか浮ついた調子で石田は言った。

「真田さん、こんなことになってしまってまことに申し訳ない。ご承諾頂けて本当にありがたいです。あなたの双肩に明日の鎌倉の安全が掛かっています。どうかよろしくお願いします」

織田がきまじめな調子で頭を下げた。

「やると決まった以上は、真剣にやります」

少しつっけんどんな調子になってしまった。

石田を先頭に夏希たちは会議室を出た。

【4】

鎌倉駅まで歩くと初詣客《はつもうで》でごったがえしていた。

それでも昨日よりはいくらかマシだった。

マスメディアで北条義時法華堂跡の爆破や、次の犯行の予告が報じられているわけだが、少なくともここには混乱は見られなかった。

激混みの横須賀線に乗って大船駅の東口で下り、鎌倉芸術館に向かう芸術館通りへと足を進めていった。

石田は雑居ビルの二階にある小さな中華料理屋へ夏希たちを連れて行った。

食欲はあまりなかったが、椅子に座るなり夏希ののどが鳴った。

視線の先にビールサーバーが鎮座していたのだ。

「ビールも飲もうかなぁ」

「勤務中ですよ」

石田はにやにやしながら制した。

「今日は土曜だよ」

「あ、そう言やそうですね」

　捜査本部が立ち上がると、捜査員たちは曜日の感覚などなくなる。下手をすると、何日も家に帰れなくなるのだ。

「佐竹さんも戻らなくていいって言ってたでしょ。捜査本部から外れた時点でわたしは勤務終了。少しくらい酔っ払わないと恥ずかしくて歌なんて歌えないよ」

　夏希の本音だった。シラフでカラオケなどに行ったことはない。

「わかる気がします」

　沙羅が眉をハの字にして気の毒そうな声を出した。

「あなたたちも飲んだら？　いくらなんでも八時までにはアルコール抜けるでしょ」

　一人だけ飲むのはばつが悪かった。

「そうっすね、今日は土曜日ですもんね。どうせもうクルマの運転はしないだろうし」

　石田は目尻《めじり》を下げた。

「わたしは遠慮しときます」

　沙羅は小さく首を横に振った。

　夏希と石田が生ビールの中ジョッキを頼み、三人ともそれぞれ定食を頼んだ。

　夏希は青椒肉絲《チンジャオロースー》、石田は黒酢豚、沙羅は麻婆豆腐《マーボーどうふ》が主菜の定食だった。

　ビールで少しだけ気分がほぐれてきた夏希は、定食に箸《はし》をつけた。

　それぞれ千円でおつりが来るのにけっこう美味《おい》しかった。

お腹もいっぱいになったところで、中華料理屋を出るといくらも離れていない場所にカラオケボックスがあった。

カラオケボックスの空間は圧迫感を感じて好きではない。が、いまはそんなことを言っていられる状況ではなかった。

石田はまず自分の好きな曲を歌うようにと指導した。

夏希は学生時代に好きだった一〇年以上前のＪ‐ＰＯＰを歌ってみた。

まじめな顔で聴いていた石田は曲が終わると笑みを浮かべて言った。

「ぜんぜん音痴なんかじゃないですよ。ちゃんと音程は取れています」

「そう？　わたし音痴じゃないのかな」

「自信持って下さい。真田先輩は自分の声で歌ってないんです」

「え？　どういうこと？」

「簡単に言うと、発声ができていないんです」

「発声には自信がないな」

「人間は声帯の大きさや胸郭の構造でそれぞれ生まれつき持っている声があります。それを変えることはできません。でも、自分の持っている声をきちんと引き出して歌っている人は少ないんです」

「わたしも自分の声を引き出せていないの？」

「そうです。真田さんは華奢《きゃしゃ》に見えて肋骨《ろっこつ》が意外としっかりしているので、もっと堂々とした声が出せるはずです。まずは姿勢です。背筋をちゃんと伸ばして、胸を張って下さい」

「こうですか」

「胸を張りながらも身体から力を抜いて下さい。それから顔をもう少し上げて……」

好きな曲を歌いながら、石田は丁寧に発声指導をしてくれた。

しばらく発声練習を続けていると、自分ではないような声が出てきた気がした。

「別人みたいな声になりましたよ」

「そうね、自分の声じゃないみたい」

小学校からの音楽の授業ではこんなことを一度も教えてくれなかった。

むろん自信がついたわけではなかったが、違う一歩を踏み出せたような気がした。

「そろそろ課題曲にいきましょうか」

石田はやんわりとした声で促した。

「わたし『レッドフラワー』って歌詞も覚えてないんだ」

「カラオケ使えますから、歌詞は心配しないでいいですよ」

「まずはメロディね」

「僕が歌ってみましょう」

ちょっと激しいギターのイントロが始まった。

アップテンポでノリのいい華やかなポップナンバーを石田は軽々と歌いこなしている。

自ら名乗り出ただけあって、石田の歌声は素晴らしいとしか言いようがなかった。

「すごい……」

夏希は目を見張って石田の歌に聴き入った。

石田はニュアンスのつけ方も巧みで、弾むような節回しも、ちょっとしんみりした部分もしっかりと歌いこなした。

サビの部分では、力強く生きてゆこうと誓う主人公の心情を朗々と歌い上げた。

ドラムとギターでパッと終わるエンディングの余韻が消えると、夏希は惜しみない拍手を送った。

「僕は男ですから、今度は女性のお手本を聴いてもらいましょうか。小堀さん、歌えるよね？」

石田が振ると、沙羅はソファから立ち上がってとまどいの表情を見せた。

「えー、まぁ歌えると思います」

沙羅は自信なげに答えた。

だが、歌い始めると沙羅は別人のようにイキイキとした表情に変わった。

透き通った声がのびのびと響く。

ワンフレーズごとに多彩に変化するニュアンスのつけ方には感心するほかない。

上手《うま》い。上手すぎる。

沙羅がこんなに素晴らしく歌えるなんてびっくりだ。

「沙羅さん、素敵っ」

曲が終わると、またも夏希は盛大に拍手を送った。

沙羅はちょっと頬を染めて頭を下げた。

二人と比べて自分はなんと下手くそなのだろう。

夏希はちょっと劣等感を覚えた。

その表情を見て取ったか、石田が明るい表情で言った。

「まずはキー合わせですね。最初のワンフレーズくらいを歌ってみて下さい」

石田がイントロを流すのに従って、夏希は歌った。

「ふたつ下げましょう」

リモコン片手に石田は言った。

キーが下がって少し歌いやすくなった。

「さらにふたつですね」

石田はさらにキーを下げた。

無理に高い声を出さなくとも、とてもラクに歌えるようになった。

「バッチリです。真田先輩はこの曲ではキーはマイナス４にあわせると覚えておいて下さい」

「マイナス４ね。忘れません」

夏希は真剣に答えた。

「それじゃあ、かるく歌ってみましょうか」

のんきな調子に励まされて夏希はマイクを構えた。

イントロが流れ始めた。

夏希は懸命にディスプレイの歌詞を追って歌った。

意外とすんなりと歌えたことに自分でも驚いた。

「いいですよ、すごくいい。ただ、サビの前んとこ、もうちょっと声を抑えてみましょうか」

「あ、はい。サビの前ね」

石田のアドバイスに応《こた》えようと工夫を重ねた。

その後も石田は適度に休憩を入れつつ、何度も何度もアドバイスをくれた。

驚いたのは、石田のアドバイスに従うと、さらにラクに歌えるようになるのだ。

沙羅は夏希が歌っている間、上気した表情でずっと手拍子を打ってくれていた。

曲が終わるとあたたかい拍手を送ってくれる。

いい子だなと夏希はつよく感じた。

「この歌のテーマってなんだと思います?」

曲の合間に唐突に石田が訊《き》いてきた。

「うーん、どんなにつらいことがあっても、人を愛する気持ちを忘れるな。そうすれば人間はつよくなれる。生きてゆける。そんなとこかな?」

「正解だと思います。そのテーマをこころに描きながら歌って下さい」

「わかりました」

ふたたび夏希は歌い始めた。

何度も何度も歌った。

何回歌ったのか、自分でもわからなくなっていた。

しまいには声が出なくなってきた。

「これくらいにしときましょう。のどを傷めちゃうとマズいですから」

石田が練習終了を口にした。

「なんだかすごくラクに歌えるようになったみたい」

夏希は素直な感想を口にした。

「まったく別人ですよ。イヤだなぁ、真田先輩、ちゃんと歌えるじゃないですか。どこが音痴なんですか」

石田は満面の笑みをたたえて言った。

「わたしって音痴じゃないの？」

「自分で思い込んでただけですよ。はっきり言います。先輩は音痴じゃないです」

夏希の目をまっすぐに見つめて石田は断言した。

「音痴なんかじゃないですよ。わたしなんかよりずっと素敵。セクシーって言うか」

沙羅は薄いブルーの瞳《ひとみ》を輝かせた。

「じ、冗談でしょ。わたしとセクシーっていちばん似合ってない言葉だし、沙羅さんのほうが三百倍はセクシーじゃないの」

夏希の本音だった。

沙羅の歌っている姿は、夏希と石田だけが見ているのはもったいない気がした。

「うーん、そうだね。ふたりの声はまったく性質が違う。小堀さんの声は透明感があってのびやかだね。真田先輩の声はしっとりとして艶《つや》やかですよ。どちらがいいとかいう話じゃないいな。たとえば、クラシックのソプラノの歌姫とジャズヴォーカルの女王を比べても意味がないでしょ。それぞれの声の持ち味を活《い》かすのが歌う醍醐味《だいごみ》ですからね」

石田は片目をつぶった。

カラオケボックスを出た頃には、大船の町はすっかり暮れ落ちていた。

「石田さん、本当に感謝してます」

夏希は深々と頭を下げた。

「俺だって少しは役に立つでしょ？」

眉《まゆ》をひょいと上げ、親指を立てて石田は自分の胸を指した。

「とんでもない。石田さんがいなかったらどうなったか」

「大げさっすよ。俺は先輩が自分で気づいていないところを気づいてもらえるようにアドバイスしただけですから」

いつもと違ってえらく謙虚だ。それだけ石田も真剣に取り組んでいたのかもしれない。

「おかげで明日《あした》の地獄が少しラクになったよ」

「なに言ってんですか。セクシーヴォイスでワダヨシモリと全国の視聴者を悩殺して下さい」

いつもの調子で石田はヘラヘラと笑った。

「馬鹿言わないでよ」

「発声方法を忘れないで下さいね。それからキーはマイナス4ですよ。明日はたぶん近くに付いていられないと思いますので。でも、大丈夫。真田先輩はちゃんと歌えます」

石田にそう言われると、少しだけ自信が出てきた。

「そうですよ、きれいな声ですもん」

沙羅はにこやかにうなずいた。

「じゃあ、俺たち早めに捜査本部に戻ることにします」

石田の言葉で夏希たちはカラオケボックスを後にして芸術館通りを駅へと向かった。

横須賀線のホームに下りてゆくふたりと別れて、夏希はエキナカのアトレで夕飯の買い物をした。

大船から戸塚はわずか四、五分なので夏希は六時前には家に着いた。

さすがに疲れ切っていた。

今夜は優雅な時間を過ごす気にはなれなかった。

とりあえずはバスタイムだ。

例によって《ロタンティック》のバスソルトをたっぷり入れて湯に浸《つ》かる。

なんだか今夜はもう音楽を聴きたい気分ではなくなっていた。

あれだけ何度も『レッドフラワー』の伴奏を聴いたので食傷気味だったのだ。

石垣島《いしがきじま》の波の音を流してバスタイムを過ごした。

風呂《ふろ》から上がると、エキナカの《大船軒《おおふなけん》》で買ってきた「鯵《あじ》の押寿《おしず》し」をつまんだ。

明治時代から一世紀も作り続けられている駅弁だそうである。

大船に松竹《しょうちく》の撮影所があったむかしには、たくさんの映画人に愛されたらしい。

存在は知っていたが、食べるのは初めてだった。

中くらいの脂の乗った鯵を酢飯とともに握って押してある。

意外とさっぱりしていて生臭さも感じられず美味《おい》しかった。

できれば日本酒のおともにしたかったが、いまは用意がなかった。

その後はシェリータイムにした。

アトレで買ってきた「北海道人参《にんじん》のホールロースト」や「まるごとカラーピーマンのマリネ」を肴《さかな》に夏希はグラスを傾けた。

酔いが身体に回ってきて、疲れのせいか眠くなってきた。

明日への不安はあえて忘れようとしていた。

捜査本部に出勤するのは九時だ。一六時までには七時間もある。

もしかするとワダヨシモリの気が変わって、恥ずかしい思いをせずに済むかもしれない。

いや、そんなことより、ワダヨシモリの身柄を確保できることに期待すべきだ。

いまの時点でクヨクヨ思い悩んでもしかたない。

緊急事態を告げるような電話連絡は入ってこなかった。

それにしても石田と沙羅のふたりには感謝するほかない。

ベッドに入った夏希は同僚たちのあたたかさに包まれている自分の幸せを感じた。

自分は素敵な仲間たちに恵まれている。

この仕事を辞めるわけにはいかない。

窓の外では木枯らしが林を鳴らす音が響き続けていた。

第二章　夏希オンステージ

【1】　@二〇二一年一月三日（日）

裏の林でたくさんの小鳥がさえずっている。
目覚めは悪くなかった。
昨夜はあまり飲まなかったし、早めにベッドに入った。
眠りの質はよかったように思えた。
だが、ベッドから半身を起こした瞬間、夏希は重い憂うつに襲われた。
負けるわけにはいかなかった。
夏希はガウンを引っかけてバスルームに向かい、シャワーを浴びた。
さっぱりした夏希は、リビングのテーブルについてスマホを手にした。

──昨日は本当にありがとうございました。心より感謝しています。

なにはともあれ石田に昨日のお礼のメールを入れた。

すぐに返信があった。

──いえいえ、どう致しまして。真田先輩は必ず歌えます。発声とキーをマイナス4にしてくださいね。俺はいま小堀さんと朝飯食ってます。後ほど!!

あれから石田はまた聞き込みに廻《まわ》ったのではないだろうか。

夜しかいない周辺住民もいるはずだ。

夜は鎌倉署の武道場で泊まったに違いない。

沙羅も皆と一緒のザコ寝ではないかもしれないが、鎌倉署に泊まったかもしれない。

帰宅できた幸運をあらためて嚙《か》みしめた。

いつだか、佐竹管理官が「真田は刑事じゃないから捜査本部に泊まり込む必要はない」と言って帰してくれたことがあった。

心理分析官という職責のおかげで、夏希は捜査幹部と同じ扱いを受けている。

ガウンのままでトーストにコーヒー、ハムエッグとカップスープという簡単な朝食をとった。

食事を終えてリビングのテレビをつけた。

とくに異常事態が起きたようすはなかった。

もっとも異変があれば、とっくに夏希に連絡が入っているはずだ。

相談フォームからの投稿もあれきりのようだ。

ワダヨシモリも今夕のイベントまで静観しているつもりなのだろう。

朝のワイドショーでは、「かもめ★百合」のステージを熱望する声が流れている。

夏希は黙ってテレビを切った。

ツィンクルなどのネットを見る気も起きなかった。

なにかに集中してひとときでも現実を忘れたかった。

夏希は今日のファッションを考えることにした。

おかしな話だ。なにを着るかは憂うつの原因そのものに直結しているのに。

はじめは黒のパンツスーツにしようと考えた。

世間の人が考える女性警察官らしい服装がふさわしいかなと思ったのだ。

でも、夏希は滅多にスーツを着て出勤することはない。

公式行事では規則に則《のっと》って制服を着用しなければならないし、ふだんはわりあいとカジュアルなファッションでも許されている。科捜研内でも山内《やまうち》所長も中村科長も夏希の服装には関心がないようだ。

内勤が中心で、警察手帳を提示して市民に聞き込みに廻るような仕事ではないからだろう。

今日だけ、特別にスーツを着ることには抵抗があった。なにか、ワダヨシモリに「してやられた」感があるのだ。

思いっきり派手な服を着てやろうか。

遠くからでも目立つような華やかな色彩で、悲惨な任務を遂行する自分を励ましたかった。

そう思って夏希はクローゼットの扉を開いた。

しかし、かつて持っていたパーティードレスなどは捨ててしまった。

ハイブランドのワンピースはあることにはあるが……。

しかし考えてみれば、舞殿は屋外でこれといった風よけもない。

ワンピース姿などでは震え上がってしまうだろう。

声をきちんと出すためには、身体は温かく保っていなければなるまい。

要するに人目につくのはアウターなのだ。

夏希はアウターを次々に取り出してみた。

最近はあまり流行《はや》っていないが、幾何学模様の派手なオルテガ柄をあしらったオレンジ系のコートを取り出した。

ブランケットのような生地なのであたたかさは抜群だ。

これに決めようと思ったところで、気が変わった。

レアなネイティブ柄なので、今日着てしまうと視聴者に覚えられてしまう怖れがある。二度と街に着て出られなくなるではないか。オフの日に酔っ払って横浜を歩いていたら、「かもめ★百合さんですか」などと聞かれるのはゾッとしない。

気に入っているコートなのでもったいない。

結局、夏希は一昨日《おととい》の初詣《はつもうで》でも着た、チョコレート色のダウンコートを選んだ。これなら、街でも目立つことはあり得ない。

冷えを防ぐために、インナーには黒のカットソーの上に生成りのアランウールのセーターを着込むことにした。ボトムスは黒いウールパンツを選んだ。冷えを防ぐために、インナーボアのショートブーツで足もとを固めようと思った。カラーはブラックでよいだろう。

地味だ……。しかし、目立たない恰好《かっこう》のほうがよいというのが結論だった。

コーデが決まると、憂うつな思いが戻ってきた。

家を出なければならない時間は近づいている。

夏希はなにも考えないようにしてドレッサーに向かった。

八時四〇分に捜査本部に着くと、捜査員は出払っていた。

幹部席には織田理事官がぽつんと座っており、管理官席には佐竹、小早川の両管理官が座っていた。会議室内には予備班の二名と数名の連絡要員がいるだけでがらんとしていた。

福島一課長は横浜の捜査本部に顔を出しているのか不在だった。

「おはようございます」

入口に立った夏希はあえて元気よくあいさつした。

室内の人々から次々に答えが返ってきた。

幹部席から立ち上がった織田が近づいてきた。

「真田さん、おはようございます。昨日は大変だったみたいですね」

織田はさわやかな笑みを浮かべた。

「石田さんのおかげでずいぶんと自信がつきました」

夏希は明るい声を出すようにつとめた。

「捜査会議は九時からですよね？」

会議室内を見まわしながら、夏希はけげんな声で訊《き》いた。

「今朝の会議は中止だ。なにひとつ情報がないんで会議を開く意味がないんだ。各捜査員は継続して捜査に出てもらっている」

佐竹もそばに寄ってきた。

「捜査は進展していないんですね」

夏希の問いかけに佐竹はさえない顔で首を横に振った。

「地取りしている捜査員もひとりとして目撃証言を得ることができていない。周辺地域の防犯カメラの映像は荏柄天神への初詣客が多すぎて、不審人物の特定ができない状況だ。あれきりメッセージも来ないから鑑取りは不可能な状態が続いている」

「そうですか……」

進展がないということは、今夕の予定も変わらないわけだ。

「だが、少なくとも次の犯行は抑止できている。真田が犯人と対話した功績だ」

佐竹は言葉に力を込めた。

「一時的に抑止できているとすればいいのですが……」

夏希にはワダヨシモリが今後もおとなしくしているとは思えなかった。

「いよいよですね。犯人は事態を静観しているらしく、あれきりメッセージを送ってきません」

小早川はいささかうわずった声で言葉を継いだ。

「すでに昨夜のうちに鶴岡八幡宮内は爆発物等の捜索を徹底的に行いました。また、午後一時から午後六時までは境内への立入を完全に規制します。そこでもう一度、舞殿周辺部に危険物がないかの捜索を行います。真田さんのステージの際には舞殿を一〇名程度の機動隊員が警備しますので、安全性については間違いがありません」

小早川は胸を張った。

「ライブ中継の準備については、刑事総務課とサクラテレビの間で連携がとれた。放映用の機材やクルーはもちろん、カラオケやPAの準備も進めている。直接にはサクラテレビの子会社のサクラテレビ映像という制作会社が担当する。現地にはスタッフ用のテントも設置される。そのうちひとつは真田の楽屋にもなっている。真田は午後二時半までに楽屋テントに行けばいいそうだ。ここから八幡宮までは所轄のパトカーを出す。到着したら、待機しているスタッフの指示に従えばいい。ステージメイクもしてくれるとのことだ」

夏希は噴き出しそうになるのを必死でこらえた。

こうした言葉が佐竹の口から出るのはあまりにもミスマッチだ。

「ご手配、ありがとうございます」

「いや、わたしは電話しただけだよ」

佐竹は何気ない調子で答えた。

「真田さん、本当に申し訳ないと思っています。次の犯行を防ぐためです。どうか我慢してください」

気まずそうな顔で織田は頭を下げた。

「織田さんが謝る必要はありません。どうぞお気遣いなく。ここまで来た以上、逃げ出したりはしませんから」

夏希は冗談交じりに答えて、管理官席の隣の自席に座った。

「要求に応《こた》えると一本だけメッセージを入れておきましょうか」

「いや、それは不可能になってしまいました」

「どういうことですか？」

「昨日の対話を分析したところ、ワダヨシモリは三個の捨てアドを次々に使い分けています。あの対話ではゲリラメールを使っていたのですね」

「一時間で消えてしまっているわけですね」

「そうです。投稿時のメアドはもはや存在していません」

「ということは現時点では、こちらからの接触は不可能だということなんですね」

「残念ながら、そういうことになります。でも、ヤツは今夕の真田さんライブの前後に必ず接触してきますよ」

小早川ははっきりと言い切った。

となると、現時点で夏希にできることはなにもない。

「僕は一〇時から県警本部で会議があるのでちょっと出かけてきます。三時には鶴岡八幡宮に行きますので」

織田は全員に向かってあいさつすると、さっそうと出口へ歩いていった。

ひたすらに時を待つしかなかった。

夏希だけではなく、ほかのメンバーも同じことだった。

外へ出ている捜査員からはこれと言った情報はもたらされなかった。

捜査本部全体に沈滞した雰囲気が漂っている。

一一時を過ぎた頃、そんな空気を破るように着信アラームが鳴った。

会議室の空気が一瞬にして張り詰めた。

「来ましたね」

小早川ははりきった声を出した。

「ええ、小早川さんの言うとおりですね」

小早川も佐竹も夏希の席の近くに寄ってきた。

夏希は目の前のディスプレイを覗《のぞ》き込んだ。


――かもめ★百合さん、おはようございます。ワダヨシモリです。


「返事しますね」

夏希はキーボードに向かった。


――おはようございます。連絡ありがとうございます。

――今日の一六時を楽しみにしています。

――リクエストにはお応えします。

――歌ってくれるんですね。

――ただし、今回一度だけですよ。テレビ放映の用意もできています。

――わかりました。あなたのステージは今日限りです。歌ってくれなかったら、たくさんの人の生命が失われるような爆発を起こしますからね。

――ちょっと待って！


だが、対話はそれで終わった。

夏希は何度か呼びかけたが、返信はなかった。

「確認してきただけですね」

小早川が肩を落とした。

「だが、新しい要求がなくてよかった」

佐竹はホッとしたような声を出した。

対話が終了してしばらく経つと、ふたたび会議室内には沈滞したムードが漂った。

新たな情報はなにひとつ得られなかった。

夏希たちは鎌倉署の警務課が用意してくれた仕出し弁当を食べた。

食事を終えると、夏希の胸に緊張感が湧き起こってきた。

こういうときに限って時計の針は憎らしいほど速く進んでしまう。

幹部席の左の後方に設《しつら》えられた時計が午後二時を過ぎた頃だった。

「真田分析官、クルマの用意ができました」

連絡要員の制服警官が伝えにきた。

「行ってらっしゃい。これをどうぞ」

小早川が赤い樹脂のオーガンジーバッグを差し出した。

「ベネチアンマスクですね」

受け取ると意外に重い。

「ええ、何種類か入れてあります」

小早川は笑みを浮かべた。

「気の毒な役目だが、頑張ってきてくれ」

佐竹は言葉通り、気の毒そうな顔で言った。

「それでは行ってきます」

夏希は声を張った。

会議室内の人々が会釈を送ってきた。

一礼して夏希は廊下へと出た。

若宮大路を北へ向かうパトカーの後部座席で夏希は窓の外を眺めるともなく眺めてい

た。

年末年始の交通規制によって、今日の五時まで若宮大路の県道21号線はバスとタクシー以外は通行できない。旧市内のほかの道路よりも厳しい交通規制が敷かれている。

通行しているタクシーの数もそれほど多くはなかった。

鎌倉駅前の交差点からは一切の車両が通行できない。ここには臨時のハイヤー・タクシーターミナルが設けられている。この場所にはバリケードが設置され、何人もの制服警官が配置されていた。民間の警備員の姿もたくさん見られた。

ここからは、中央部分に段葛《だんかずら》と呼ばれる石畳の歩行者空間が八幡宮境内入口の三の鳥居の手前まで続いている。県道21号線は段葛を中央分離帯とするような恰好《かっこう》で上下線が一方通行路となっている。

段葛も県道沿いもたくさんの観光客でひしめきあっている。

華やかな振袖《ふりそで》姿も目立つ。若い男性の和装も少なくはなかった。

この場所には鶴岡八幡宮への午後六時までの立入禁止を告知する看板が設置されていた。

「六時までは鶴岡八幡宮には入れません」

「八幡宮には行けませんので迂回《うかい》をお願いします」

鎌倉署の地域課員がメガホンを手に叫んでいる。

大きな混乱はないようだが、配置されている署員に質問している人も少なくない。

それでも八幡宮方向へ歩く人の数はあまり減ってはいなかった。

かつて鎌倉署があった近くの二の鳥居前交差点に歩行者を留《とど》めるバリケードが設置され、そこから先は歩行者も立入禁止となっていた。

ここにはさらに多くの制服警官が配置されている。

「鶴岡八幡宮へは六時まで入れません。小町通りなどに迂回して下さい」

メガホンの声が響く。

赤色誘導灯を振る警官が何人もいてあたりはちょっと騒然とした雰囲気だった。

「八幡宮に来たんだぞ」

「なにしに鎌倉へ来たと思ってるんだ」

不満げに声を荒らげる人もいたが、ほとんどの人は素直に小町通りへと方向を変えていた。

パトカーがここを通過する際には、何人かの警官が夏希に向かって挙手の礼を送った。

朱色の三の鳥居がぐんぐん近づいてきた。

夏希の緊張は高まってきた。

通行が規制されているために、八幡宮前の交差点には観光客のすがたはなかった。あたりはがらんとしていた。

パトカーは三の鳥居の真ん前に横付けされた。

運転していた地域課員が振り返った。

「こちらで下りて頂きます。後は地域課の者がご案内します」

「ありがとうございました」

「ご苦労さまでございます。真田分析官のご活躍に期待しております」

助手席の地域課員は至極ていねいな調子で言った。

「頑張ります」

夏希はそれしか答えられなかった。

【2】

パトカーを下りて夏希は三の鳥居を潜った。

「お疲れさまです。鎌倉署地域課の森川《もりかわ》です。ご案内します」

夏希より少し歳上の制服警官がさっと歩み寄ってきた。

胸の階級章を見ると巡査部長だ。

森川は先に立って歩き始めた。

太鼓橋の前にバリケードが設けられ、活動服姿の機動隊員がずらりと立哨《りっしょう》している。

機動隊員たちは夏希の姿を見ると、いっせいに挙手の礼を送ってきた。

夏希はかるく頭を下げて応《こた》えた。

太鼓橋の左手の参道で源頼朝の命で作られたという源平池《げんぺいいけ》を渡る。ひとつの池だが、真ん中が狭くなっており、右側が源氏池、左側が平家池《へいけ》と俗称されている。

目の前に朱塗りの舞殿の堂々とした姿が鎮座している。

背後には六一段の石段を擁する本宮が存在感を表している。

元日に見たときには少しも感じなかった威圧感を夏希は覚えた。

夏希たちはゆっくりと舞殿へと歩み寄っていった。

参道には人の姿は見えず、不思議な雰囲気だった。

左右に木々が茂る参道の幅がやたらと広く感ずる。

視界のなかで舞殿がどんどん大きくなってゆく。

中世を舞台にしたヨーロッパ映画で見た公開刑場へ連れてゆかれる死刑囚の姿に、夏希は自分を重ね合わせた。

やがて広場に出た。

広場の周辺部には、小早川の言葉通り拝殿を囲むように一〇名の機動隊員が警備についていた。

機動隊員は夏希の姿を見てそろって挙手の礼を送ってきた。

右手奥には若宮あるいは下宮と呼ばれる江戸期に再建された拝殿があり、その前に神官や職員らしき人々が何人か立っていた。

舞殿の正面には向拝と呼ばれる入母屋造りの立派な入口がある。カメラはその反対側に設置してあるようだった。

反対の左手に三つの仮設テントが設置してあった。

イベントで使うようなアルミポールに綿布の幕帯が張られているテントだった。

ふたつのテントでは二〇名を超えるスタッフが忙《せわ》しげに立ち働いていた。

夏希には誰がどのような役割を担っているのかよくわからなかったが、若いスタッフが多い。男女は六対四くらいの割合だった。

片方のテントにはいくつもの機器がテーブルの上に設置してあった。

テレビモニターや音声ミキサーなどの前で担当スタッフは調整作業に余念がなかった。

もうひとつのテントには私服・制服の一〇名程度の警察官が折りたたみ椅子に座っていた。

「真田分析官をご案内しました」

森川が声を張り上げると、テント内の人々が夏希に会釈を送ってきた。

ひとりのオーバーコート姿の年輩の男が歩み寄ってきた。

「やぁ真田、ご苦労さんだな」

「福島さん、いらしてたんですか」

なんと福島一課長だった。

「ああ、横浜の捜査本部から直行してきた。真田の晴れ舞台とあっては落ち着かなくてな」

福島はあいまいな表情でほほえんだ。

「ありがとうございます」

夏希はちょっと感動していた。

忙しくて鎌倉署にもなかなか顔を出せずにいる福島一課長が、わざわざ夏希を激励に来てくれたのだ。気づいてみると、制服姿の鎌倉署長もテント内の椅子に座っていた。

「真田には申し訳ないことになってしまったな」

「いえ、ここまで来た以上は頑張るしかないです」

「頑張ってくれ」

福島はほほえんで片手を上げると警察テントに戻っていった。

森川巡査部長は夏希に会釈すると福島に続いた。

「おはようございます。サクラテレビ映像の山口《やまぐち》です」

ダウンジャケットの首からＩＤカードを提げた、夏希と同じくらいの年頃の女性スタッフが近づいてきた。山口は小柄で丸顔の人のよさそうな女性だった。おそらくはアシスタントディレクターだろう。

「よろしくお願いします」

夏希は頭を下げた。テレビ出演の経験などもちろんないのだから、後はこの山口の言うとおりに行動するしかない。

「噂通りの美人ですね。真田さんって」

にこやかな笑顔を浮かべて山口は愛想よく言った。

「本来は非公開なんですよ」

夏希は冗談めかして答えた。

テレビ局のスタッフには顔を知られてしまうが、避けられないことだった。

「まずはメイクですね。ばっちりメイクすれば素顔がわからなくなりますよ。こちらのテントへどうぞ」

山口の後について夏希は機材が設置されていないほうのテントへ進んでいった。

テント内は石油ストーブであたたかかった。

「おはようございまぁす。ヘアメイクの三宅《みやけ》です」

ダウンジャケット姿の若い女性があいさつしてきた。

「よろしくお願いします」

「えーと、ちょっとわたしの後に従《つ》いて来て下さい」

にっこり笑うと、三宅は先に立って歩き始めた。

夏希は三宅の後について、何本ものケーブルが敷設してある若宮広場を横切った。

「たくさんのケーブルですね」

「ここは狭いんで入れないんですけど、二〇〇メートルほど東側に小型中継車が駐《と》まってるんです。そこへ映像や音声の信号を送ってるんですよ」

あたりまえのことだが、テレビ局の中継車も待機しているのだ。

あらためて夏希は身の引き締まる思いがした。

夏希たちは広場の東側に建つ柳原《やなぎはら》休憩所に入っていった。

外から見るといかめしい建物だが、内部はレトロな食堂というようなつかしい雰囲気だった。

カウンターの左手にアコーデオンカーテンで仕切られた部屋があった。

「こちらです」

三宅が開けたカーテンの内部に夏希は入っていった。

内部にはテーブルと椅子が置いてあり、左手にベビーベッドが設《しつら》えられていた。

「あ、ここもしかして授乳スペースですか」

「そうみたいですね……コートを脱いで椅子に掛けて下さい」

夏希はコートを椅子の背に掛けて座った。

テーブルの上には大きなメイクボックスやドライヤーなどが置かれていた。

どこから持って来たのかＬＥＤのスタンド照明が点灯している。

部屋のなかはエアコンのおかげでじゅうぶんにあたたかかった。

「始めますよ」

三宅は樹脂ボックスからメイク道具を取り出し、クレンジングクリームで夏希のメイクをすっかり落としてしまった。

顔に触れる三宅の手の感触は心地よかった。

「撮影用のなかではお肌にやさしいファンデーション使いますね」

三宅はファンデーションを丁寧に塗ってから目もとと口元にメイクを施した。

「髪の毛ですけど、アップにしていいですか」

「あまりアップにしたことないんですけど」

夏希はとまどった。人前ではあまりアップにしたことはない。

二〇代の半ばに友だちの結婚披露宴のために美容院で整えて貰《もら》ったことはあったが……。

「輪郭がきれいなんで、アップにしたほうが絶対カメラ映えすると思います」

ちょっと悩んだが、ここはプロに任せるべきだと思った。

「三宅さんのセンスでお願いします」

「わかりました」

ドライヤーのスイッチが入った。

ヘアブラシやコームを巧みに使い、三宅は後頭部にお団子を作って夏希の髪を結い上げた。

「驚かないで下さいね。カメラが相当に引きなんで、かなり華やかにメイクしてみました」

三宅から渡された手鏡を見て、夏希は叫び声を上げた。

「うわっ、派手ですね。それにまったく別人……」

生まれてからこんなに派手なメイクをしたことはない。両目は二割くらい大きく見えるし、鼻筋はすーっと通っていて、唇もふわっと愛らしくまとまっている。

「すごくいいですよ。真田さん、目が大きめだし、輪郭と鼻筋のラインがきれいなんで、苦労しませんでした。マジな話、警察にいるのもったいないですよ」

アイラインとシャドーで巧みに彩られた目もとはとても美しく輝いていた。

「あの……わたし、顔バレしたくないんで目もと隠したいんです。せっかくこんなに丁寧に作って頂いたのに」

「あらら、残念。でも、仕方ないですね」

三宅はちょっと淋しそうな顔になった。

「ベネチアンマスクをつけるつもりなんです」

答えつつ夏希は、ここまで持ってきたオーガンジーバッグを開けた。

「なにこれ！」

最初に取り出したマスクを手にして夏希は小さく叫んだ。

黒革製で銀色のスタッズがズラリと縁に並べられている。

「あはっ、それじゃあ女王様になっちゃいますね」

三宅は声を立てて笑った。

「まったくなに考えてるんだろう」

小早川は本気でこんなマスクを選んだのだろうか。

ほかのものも取り出してみた。ピンクのレースはイヤらしい感じだし、ゴールドは飾りのモールが派手すぎる。

夏希は小早川にマスク選びを任せたことを心底悔いた。

結局、いちばん地味な黒の布地にシルバーの縁取りが施してあるマスクを選んで、ショルダーバッグに入れた。

「続けて衣装ですね。米津《よねづ》さぁん」

三宅が呼ぶと、四〇歳くらいの女性がカーテンを開けて入って来た。

いつの間にか外で待機していたようだ。

「スタイリストの米津です。よろしくお願いします」

黒いセル縁のメガネがよく似合う、しっかりした顔つきの女性だった。

「あの……わたし自分の服でいいんですけど」

「そのダウンコートじゃ、せっかくのメイクとアンバランスになっちゃいます」

米津は椅子に掛けてある夏希のコートを眺めながら言った。

「でも、ふだんの姿で歌いたいんです」

「わたしに仕事させて下さいな」

口もとに笑みを浮かべながらもちょっと困ったような表情を浮かべた。

たしかに米津は、夏希の服選びのためにわざわざ鎌倉まで出向いてくれたのだ。

「わかりました。どうぞよろしくお願いします」

夏希が頭を下げると、米津は満面の笑みを浮かべてうなずいた。

「じゃあ、あたしはいったんテントに戻ってますね。オンエア直前にもう一回チェックします」

　メイクボックスを手に提げて三宅は出ていった。

「アウター勝負ですので、ボトムスはそのままでもいいと思います」

「サイズは大丈夫ですか」

「神奈川県警さんから身長などのデータは頂いていますので、フィットする衣装を選んできました。ちょっと待ってて下さいね」

　米津はいったん出てゆくと、キャスターの付いたスチールの衣装ハンガーをガラガラと運んできた。コートをはじめとした衣装がずらりと掛けられている。

　続けて米津は姿見の鏡を部屋に入れた。なにが入っているのか肩からはショルダーバッグも下げている。

「ちょっと立ってもらえますか」

　指示に従って夏希は立ち上がった。

「これなんかどうかしら」

　米津は白い毛皮のロングコートをハンガーから取ると、夏希の身体にふわりと着せた。

　おそらくはホワイトミンクで、襟元はフォックスだ。

「リアルファーはちょっと……」

　夏希はとまどいの声を上げた。

動物愛護の観点からも毛皮のコートは避けたかった。

米津にはすぐに夏希の気持ちが伝わったようだ。

「じゃあ、これは？」

夏希の身体から脱がせたコートをハンガーに戻すと、米津は別の白いコートを夏希に着せた。

「え？　これフェイクファーですか？」

いまのコートと同じような素材に見えた。

「そ、本物と見分けがつきにくいでしょ」

「本物に見えます」

手に取ればフェイクファーだとわかるが、少し離れれば誰も気づかないだろう。フェイクファーとはいえ、かなり高価なコートのようだ。

「これなら真田さんが心配するような非難は起きないと思いますよ」

「でも、派手すぎませんか」

「これくらいじゃないとテレビはダメなんですよ。ふだんの一〇倍くらい派手にしてちょうどいいんです」

有無を言わせぬ米津の調子に夏希は旗を巻くことにした。

「続いてインナーですね。ちょっと寒いかもしれませんけど、セーターとカットソーを脱いでもらえますか」

夏希のコートをいったん脱がせて、米津はハンガーに掛けた。

指示通りに夏希はセーターとカットソーを脱いだ。

米津はシャンパンゴールドに輝くサテン生地のオフタートルのゆったりとしたブラウスを取り出してきた。

着てみると、とても肌触りがよいハイブランドものだった。

「ちょっと寒いかな……でも、コートを着れば大丈夫ですよね」

夏希の身体はふたたびコートに包まれた。

「はい、あたたかいです。大丈夫だと思います」

「ブーツはそれでいいかな。ロングブーツだとそのパンツと合わないし……」

独り言のように米津は言った。

「最後にアクセサリーね……ピアスあけていらっしゃらないのね」

「不便ですけど、職業上あまりつけないほうがいいと思って」

「では、これはどうかしら」

米津はショルダーバッグからラウンドシェイプの大ぶりのイヤリングを取り出した。

夏希は自分で耳につけた。

けっこう重いが、三つの輪をあしらったシンプルなデザインなので抵抗はなかった。

ちょっと離れて夏希の姿を見た米津が叫んだ。

「見て、王女さまみたいよ！」

鏡のなかの自分を見て夏希も驚いた。

自分とは思えない。

さすがに芸能人をサポートしているプロの三宅と米津の力は違う。

おかげで女優のような姿に化けさせてもらった。

「あの……身バレできないんで、これをつけます」

夏希はショルダーバッグからベネチアンマスクを取り出して顔につけた。

「残念ね。本当はそんなものつけてほしくないんですけど、お仕事の関係で仕方ないんですよね」

「はい、職業柄、あまり顔を知られたくないんで」

「まぁ、カラーリングとしては大丈夫でしょう。さ、テントに戻りましょうか」

米津のあとに続いて夏希はテントへ戻った。

「わぁ、きれい！」

最初に叫んだのはサクラテレビ映像の山口だった。

テント内の人々の視線が自分に集中するのがわかった。

警察テントのなかからもどよめきが上がった。

「いや、まったく真田とは思えんな」

歩み寄ってきた福島一課長が大きく目を見開いてうなった。

「真田さん……驚きました。本当に見違えました」

いつの間にか姿を現した織田が声を震わせた。

夏希はふたりの賛辞にどう応《こた》えてよいかわからず、黙ってあごを引いた。

「福島一課長ともお話ししてたんですけど、今日のことは警察としては苦渋の決断です。ですが、いまの真田さんの姿を拝見して少しは気が楽になりました」

織田は口もとに笑みを浮かべた。

夏希には織田の言葉の意味がよくわからなかった。

夏希の姿がどうあろうと、気が楽になる理由などあるはずもない。

「ａｃｕよりきれいです。大成功間違いなしですよ。さ、これからカメラと音響のテストです」

山口が明るい声で言って、舞殿に掌《てのひら》を向けた。

夏希は山口の後に従って、向拝から舞殿に上がった。

「この舞殿は結婚式にも使われるんですよ。真田さんってお一人ですか？」

「ええ……」

「じゃあ、ここで結婚式挙げたらいいですね……奥まで進んで下さい」

階《きざはし》を上ると、意外にも拝殿の床は黒御影石が敷き詰められていた。

舞殿の上には数人の男性スタッフが待っていた。

「お疲れさまです。あの縁《ふち》に立って下さいね」

若いスタッフの指示に従って反対側の縁に立つと本宮に続く石段の下にカメラが設置

されていた。

いきなり照明が明々と照らされた。

全身が激しく震えて鼓動がひどく波打った。

「はぁい、テストいきまぁす」

カメラの横に立つ男性が声を掛けてきた。

夏希はカッとしてしまって、一瞬、何が何だかわからなくなった。

指示に従って、言われるがままにポーズを取ったり、ほほえみを浮かべたりした。

カメラとライトのテストが終わった。

今度はマイクと伴奏用カラオケのPAテストだった。

目の前にマイクスタンドが立てられている。

カメラの右横には大きなスクリーンが設置されていた。

「いきますよぉ」

スクリーンにacu本人が映し出されてイントロが始まった。

気づいてみると、足もとのふたつのステージモニターから音が出ている。

演奏者が自分で出した音を確認するためのスピーカーである。

昨日、大船で練習したカラオケの動画ではなく、レコード会社のオリジナルビデオらしい。

イントロが終わると、きちんと歌詞の字幕も表示される。

夏希はホッとしながら、ぼーっと見ていた。

「すいませーん。歌ってみて下さい」

音響スタッフの男性が叫んだ。

「キーをマイナス４に下げて頂けますか」

石田から繰り返し言われた大切なことをスタッフに伝えた。

「え？　無理なんですけど、これふつうのカラオケじゃないんで」

スタッフは口を尖《とが》らせた。

「そ、そんな……」

夏希は背中にどっと汗が噴き出すのを覚えた。

「原調で歌ってもらえますか」

ふたたびイントロが流れ始めた。

夏希は歌い始めた。

やはりキーが高い。

必死で高い音を出すようにつとめたが、声が裏返ったりかすれたりしてしまう。

目の前が真っ暗になった。

だが、どうすることもできない。

「はい、音量ＯＫです」

スタッフの声が掛かった。

「あの……時間が許す限り、リハやりたいんですけど」

夏希は顔の前で手を合わせた。

スタッフ同士が顔を見合わせた。

「わかりました。やっぱり初出演じゃ不安っすよね」

ひとりのスタッフが笑顔でOKを出してくれた。

夏希は何度も何度も高いキーで歌い続けた。

石田に指導された姿勢と発声法に気をつけてお腹に力を入れて歌った。

声がかすれたり裏返ったりしないようになってきた。

何回目のエンディングを迎えたときだろうか。

「そろそろ本番なんで、いったんステージから下りてもらえますか」

背中から山口の声が掛かった。

不安は残っていたが、時間切れだった。

向拝を出たところにパイプ椅子が置かれていて、近くに三宅と米津が立っていた。

「お疲れさまでした。座って下さい」

三宅がペットボトルを差し出してくれた。

ボトルを受け取って夏希が椅子に座ると、さっそく三宅がメイクを直してくれた。

「だいぶ汗掻《か》きましたね」

メイクブラシを使う三宅は明るい声で言った。

「ちょっとアガっちゃって」

ペットボトルのミネラルウォーターに口をつけながら夏希は照れ笑いした。

「そんな風には見えませんでしたよ。バッチリですよ」

「そうかなぁ」

「最初のうちは不安定でしたけど、最後は堂々としてましたよ。やっぱりそのコーデで正解みたい。とってもいい感じですよ」

隣に立つ米津がにこやかにほほえんで言葉を掛けてくれた。

「そうだといいんですけど」

「自分は女王だと思って歌ってくださいね」

米津は夏希の目を見て力強く励ました。

「わかりました。米津さんと三宅さんのおかげで勇気が出ました」

山口が近づいてきた。

「本番五分前です。ステージへどうぞ」

夏希は二人に頭を下げると、山口のあとに続いて舞殿へと足を進めていった。

鼓動が高まる。

呼吸が荒くなってくる。

照明がまぶしいマイクの前に立ったときには、夏希の頭のなかは真っ白になっていた。

イントロが始まった。

夏希は深く息を吸い込み姿勢を正した。
鼓動が少し収まってくれた。
夏希は静かに歌い始めた。
すぐにテンポが上がってくる。
発声に気をつけつつ、夏希は必死に歌い続けた。
もう字幕を見ないでも歌えるようになっていた。
愛のつよさを訴えるこの曲のテーマをこころに思い描いて夏希は歌った。
サビの前もきちっと声を抑えた。
沙羅の歌っている姿を思い出して、ニュアンスも頑張った。
一番から二番へ、二番から三番に進む。
自分の持っているエネルギーを完全燃焼させようと夏希は歌った。
胸の奥に湧き上がるなにかに、夏希の全身は震えていた。
エンディングのギターとドラムが響いたとき、夏希のエネルギーは尽きそうだった。
この場に倒れ込みそうだった。
だが、夏希には言うべきことがあった。
夏希はカメラへ向かってレンズを睨《にら》みつけた。
「見てますか、ワダヨシモリさん。あなたとの約束は果たしました」
ステージモニターが切られてたのか、ＰＡから出る夏希の声が境内に響き渡っている。

息を吸い込んで言葉を続けた。

「あなたも約束を守ってください。もう二度と爆破はしないでください。どうかお願いします」

若宮の森に夏希の声が跳ね返った。

「スタッフの皆さま、本当にありがとうございました」

表情をあらためて夏希は深々と頭を下げた。

照明がフェイドアウトした。

夏希はベネチアンマスクを放り出した。

若宮広場のあちこちから拍手が響き渡った。

三つのテント内ばかりではなく、立哨《りっしょう》していた機動隊員も拍手している。

無事に歌い終えたと知った夏希はへなへなとその場にしゃがみ込んでしまった。

警察テントからひとりの男が飛び出してきた。

「大丈夫ですか、真田さんっ」

抱え起こしたのは織田だった。

夏希は織田の腕のなかで、そのあたたかさに包まれていたかった。

「大丈夫です。緊張が解けただけ」

だが、夏希は自分の力で立ち上がった。

織田が夏希に肩を貸してくれた。

夏希は踵《きびす》を返して向拝へと歩き始めた。

そろって立った山口、三宅、米津の三人が笑みを浮かべて、まだ拍手を送ってくれていた。

あんなに嫌で嫌でたまらなかったが、いまの時間を作り出してくれたすべての人に夏希は深く感謝していた。

西空には夕暮れの鮮やかなグラデーションがまだ残っていた。

若宮の森は静かに暮れ落ちようとしていた。


【3】


メイクを落とし衣装を着替えた夏希を、またもパトカーが迎えに来た。

今度は織田と福島一課長が一緒だったが、夏希は直帰したかったので鎌倉駅まで送ってもらった。

織田に食事に誘われた。残念だったが、つきあえるエネルギーは残っていなかった。

横須賀線のなかでメール着信があった。

——すんません。キー下げられなかったっすね。でも、マジで最高でした。感動もんです。

石田からだった。

――ありがとう。石田さんのおかげでなんとか歌えました。感謝しています。

――今夜はゆっくり休んで下さい。

石田がいなかったらどうなったかと思うと、いまさらながら背筋が寒くなった。サクラテレビのスタッフにはもちろん感謝だが、肝心の歌は石田のおかげでなんとかこなせた。

クタクタに疲れて舞岡の部屋に戻ってきた夏希は、リビングのソファに倒れ込むように身体を預けた。

まずはバスタイムと思っているところにスマホが鳴動した。

ディスプレイを見ると、小早川からだった。

電話に出る気分ではなかったが、もし事件に急変があったらそうもいかない。

仕方なく夏希は着信ボタンをタップした。

「真田さん、お疲れさまでした」

小早川のいくぶんトーンの高い声が耳もとで響いた。

「ありがとうございます。捜査本部に異状はありませんか」

「ええ、あれきりワダヨシモリからのメッセージはありません。真田さんの力で次の犯行が抑止できているのです」

小早川の声は明るかった。

「これでよかったんでしょうか」

「犯人の要求に応《こた》えて正解だったと、僕は思っています」

「応えるしかない状況でしたから」

警察を辞めたくはなかった。

「それにしても素晴らしいステージでしたね。僕はテレビで視るしかなかったわけですが、まるでプロの歌手みたいでしたよ」

「そんなはずないですよ。石田さんのトレーニングのおかげでようやく歌ったんですから」

「いいえ、堂々としていました」

「テレビ局側のスタッフの方々にはお世話になりました」

「プロのメイクや衣装はすごいですね。まぁ、サクラテレビは独占放送権を得たわけですから、それくらいの対応はするでしょう。視聴率も相当上がったんじゃないんですか。それに、ネットでも大評判ですよ」

どこか浮ついた声で小早川は言った。

「そうですか……」

夏希にはあまり興味のない話だった。

どうせ無責任な投稿であふれているのだろう。

ネットでおもしろおかしく取り上げられることには不感症になっていた。

「SNSなどの無責任な投稿には興味はありません」

「ほとんどが好意的な意見ですよ。でも、真田さんがSNSを見る必要はないですね」

「はい、見ません」

本音だった。そんなものを見ても、疲れに追い打ちを掛けるだけに違いない。

「ワダヨシモリ本人の投稿はありませんが、本人特定につながるなにかしらの情報が見つかるかもしれません。うちのほうではチェックを続けます」

「よろしくお願いします」

「それから、ニカニカ動画や YouTube 配信動画の再生回数がとんでもないですよ」

小早川は面白そうに言った。

「テレビ以外に放映されてたんですか」

驚いて夏希は訊《き》いた。

「ええ、何者かの動画カメラがいくつも入っていたようです」

「そんなカメラが入っていたなんて」

「ドローンで撮っている人が五人ほどいたんですよ。マスメディア以外の人の撮影はワダヨシモリが認めちゃってましたからね」

歌うことに必死だったせいか、ドローンが飛んでいたことにはぜんぜん気づかなかった。

「人口集中地区でドローンの飛行禁止空域ですし、催し場所での飛行禁止に該当します。舞殿に対して距離の確保もできていません。航空法といわゆる小型無人機等飛行禁止法に違反していますが、うちのほうも、警備で手いっぱいでドローンまでは取り締まる余裕はありません」

「相当に遠くから操作していたんでしょうか」

「Ｗｉ‐Ｆｉを使用した場合には最高で一・七キロくらいまでは届くそうです。源氏山《げんじやま》や今泉台《いまいずみだい》といった高台から操作することも可能です。また目視外飛行ですので我が国では違法になりますが、プロポという本格的な送信機を使えば四キロくらいまでは届くらしいですね。となると、大変です。七里ヶ浜《しちりがはま》や横浜市の金沢区くらいまで電波が届きます」

「かなり広範囲になるのですね」

「ええ、まさか叩《たた》き落とすわけにもいきませんからね」

小早川は乾いた声で笑った。

「警備のお手配などありがとうございました」

「いえ、お疲れさまでした」

小早川との通話を終えた夏希はバスルームに向かった。

本当はこういうときこそバスタイムをゆっくり楽しむべきだ。

だが、その気力が残っていなかった。

もっとひどい目にあったときにもお風呂《ふろ》でこころの疲れを洗い流した。

今日の疲労はいつもとは性質が違うのかもしれない。

シャワーを浴びて顔の手入れをするだけで精いっぱいだった。

撮影用のファンデーションを使ったのだから、お肌のケアはしっかりやらねばならなかった。

食欲はなかったが、なにか食べないとお酒も飲めない。

夕飯の買い物もしてこなかった。

フードデリバリはあまり頼みたくはないし、ほとんど頼んだことはなかった。

夏希は冷蔵庫の中身をゴソゴソとやり始めた。

ロクな食材がなかった。仕方なく夏希は冷凍パスタで夕食をとることにした。

それでもシェリーを飲み始めたら、少しは食欲が出てきた。

知人に教えてもらった《ボデガス・トラディシオン》のフィノが冷えていた。

長期熟成度が高いシェリーのみを出荷している蔵元として知られている。

ふだん夏希が飲んでいるいくつかのマンサニージャよりはずっと高級なシェリー酒である。

BGMにはジャネット・エヴラ（Janet Evra）のデビューアルバム"Ask Her To Dance"

英国出身でセントルイスを拠点に活躍する女性ジャズ・ヴォーカリストでベーシストである。ボサノヴァティストのオリジナルナンバーをベースを弾きながら歌う。

エヴラはすっきりとしたきれいな発声を持っていて低音から高音まで安定した声質を保ちつづける。やわらかくやさしく明るい歌声が部屋に安らかなくつろぎを満たしてゆく。

まろやかであるのにもかかわらず力強いシェリーの酔いも手伝って、アルバムタイトルの"Ask Her To Dance"が流れる頃にはじわじわとこころのエネルギーが蘇《よみがえ》ってきた。

エヴラの歌声を破ってスマホの着信音が響いた。

小早川からである。

ワダヨシモリからメッセージが入ったのだろうか。

「大変です」

小早川の声は張り詰めていた。

「どうしたんですか？」

「爆発が起きました」

「なんですって！」

夏希は叫び声を上げた。

酔いがいっぺんに醒《さ》めた。

「午後八時半過ぎです。現場は鎌倉市小町《こまち》三丁目の東勝寺《とうしょうじ》跡です」

もちろん知らない場所だった。

「被害は……被害は出ましたか？」

かすれがちの声で夏希は訊いた。

「幸いにも被害らしい被害はありませんでした。現場はただの草原でおよそ人気のない場所なんです。爆破が起きた時刻にも誰もいませんでした。近所の住宅の住人からの通報で爆破のあったことがわかりました」

とりあえず夏希はホッとした。

するととたんに腹が立ってきた。

「わたしは歌ったのに、なんにもなりませんでしたね」

「真田さんが責任を感じる必要はありませんよ。それに、人的被害を出すと脅迫していたのに、あえてそのような被害を避けています。真田さんが歌ったことを評価したために、ワダヨシモリは軽微な被害で済ませたのだと捜査本部では判断しています」

いたわるような声音で小早川は言った。

「ワダヨシモリからのメッセージは入っていませんか？」

「いまのところありません。なにか言ってくるのを待っているのですが」

「こちらから呼びかけてみましょうか」

「そうですね、ぜひお願いしたいです」

夏希はサイドボードからノートPCを手に取ってリビングのテーブルに置いた。

こころを落ち着けてキーボードに向かった。


——ワダヨシモリさんへ。わたしはあなたとの約束を守って恥ずかしい思いをガマンして歌いました。なのになぜあなたは約束を守らなかったのですか。正直腹が立っています。お返事を待っています。


「いちおう見て頂けますか。ちょっと飲んじゃったので」

「了解です」

夏希はメッセージを小早川に送信した。

「ちょっとつよすぎるかもしれませんね。『正直腹が立っています』はやめときましょうか」

「わかりました。そこの部分は削除します」

自分の腹立ちをそのまま書いてしまったことを、夏希は少しだけ反省した。

「では、このメッセージを僕のほうで投稿します。いったん電話を切りますね。レスがあるかもしれませんので、待機をお願いします」

三〇分ほど夏希はリビングの椅子でPCのディスプレイを眺めていた。

だが、ワダヨシモリの返信はなかった。

スマホの着信音が鳴った。

「反応が返ってきませんね。もしメッセージが入ったら、すぐに電話を入れます。お疲れのところ申し訳ありませんが、そのときには対応をお願いします」

小早川は気の毒そうに言った。

「わかりました。もちろん対応します」

「明日《あした》は朝九時から捜査会議です。今夜はゆっくりお休みください」

小早川は電話を切った。

ふたたび腹が立ってきた。

嫌な思いをこらえて、さんざん苦労して歌ったのに約束を破るとはどういうことだろう。


人的被害が出なかったのはよかったが、ワダヨシモリに一杯食わされた気分だった。

どこかからワダヨシモリの高笑いが聞こえてくるような気がした。

ネットの反応を見る気力など残っていなかった。

しばらくすると、いっぺんに疲れがぶり返してきた。

歯磨きだけして夏希はベッドに潜り込んだ。

ベッドサイドのテーブルにスマホだけは置いておいた。

幸いなことに着信音は朝まで鳴ることはなかった。

第三章　たび重なる不幸

【1】 @二〇二一年一月四日（月）

翌朝の捜査会議には福島一課長はもとより黒田刑事部長も顔を出していた。織田も鎌倉署長も出席していた。

幹部席に全員が顔をそろえると、会議室内にはやはり緊張した空気が漂う。

会議が始まり、黒田刑事部長のあいさつが始まった。

「第二の爆発が起きてしまった。警察庁との協議により、犯人の要求に応《こた》えるために真田分析官に鶴岡八幡宮で歌ってもらったにもかかわらず、次の事件を防げなかった。全捜査員一丸となって連携を密にし、一刻も早く犯人を確保してもらいたい」

続けて福島一課長が口を開いた。

「ワダヨシモリを名乗る犯人は神奈川県警に挑戦し愚弄《ぐろう》し続けている。多大な忍耐を乗り越えた真田との約束を破り、我々の顔に泥を塗った。はらわたが煮えくりかえっているのは皆同じことだと思う。だが、腹立ちを抑えて冷静に捜査に専念し、憎むべき犯人に迫ってくれ」

　福島一課長にしてはめずらしく激しく感情的にも聞こえるあいさつだった。

　管理官席で佐竹管理官が立ち上がった。

「では第二事件の概要を伝える。第二の爆発があったのは、昨夜の午後八時半過ぎだ。八時四二分に近隣住民からの一一〇番通報があった。鎌倉署地域課員が同五一分に現場に急行したところ、枯れ草が燃えていた。現場は鎌倉市小町三丁目の東勝寺跡の広場だ。鶴岡八幡宮から南南東に直線距離で五〇〇メートルほど離れ、フェンスに囲まれた五〇〇平米ほどの空き地だが、これと言った構造物はない。西側と南側には民家があるものの、東側と北側は雑木林になっている。昨夜から捜査員の三分の一を現場近くに投入し、地取り捜査を行っている。が、昼間でも人影の少ない場所で、いまのところ不審人物などの目撃情報は得られていない。なお、二日の事件で鑑識が収集した証拠から、第一現場で使われた爆弾が電波による起動式のものと推察されるとの科捜研の分析結果が出た。第二現場でも同様の爆発物が使用されたものと思量される」

　佐竹は言葉を切って息を吸い込んだ。

　微妙な表情でゆっくりと佐竹は口を開いた。

「今回も被害らしい被害が出ていないことから、鑑取りは困難な状況と思われる……ただ、仮に真田分析官に恥を掻《か》かせることが犯人の狙いだとすれば、真田に恨みを持つ者の犯行という線も考えられる。知っての通り、真田は過去にたくさんの事件の解決に寄与してきた。それらの事件の犯人は収監されているか死亡している。だが、犯人の周辺などに真田を逆恨みしている者がいるおそれもある。鑑取りに捜査一課から三分の一の捜査員を投入する。真田の携わった事件の関係者を洗ってくれ」

夏希は背中から水を浴びせられたような気持ちに襲われた。

自分がターゲットとは予想もしていなかった。

そんな可能性がありうるだろうか。

夏希の脳裏で、マシュマロボーイ事件から、シフォン◆ケーキ事件、ジュード事件と次々に自分が携わった事件の犯人の顔が浮かんでは消えた。

犯人本人は別として、自分を逆恨みしている者がいるのだろうか。夏希には想像がつかなかった。

佐竹が座ると、代わって小早川管理官が立った。

「ワダヨシモリを名乗る犯人はいまのところ沈黙している。最後に投稿があったのは、昨日の昼前だ。次がその最後のメッセージだ」

スクリーンやPCに例のメッセージが表示された。

——わかりました。あなたのステージは今日限りです。歌ってくれなかったら、たくさんの人の生命が失われるような爆発を起こしますからね。

会議室内にどよめきが起こった。

実際にこのメッセージを目にするのは初めての者も多いのだろう。

「このメッセージからもわかるように、ワダヨシモリは真田分析官が歌わなければ、もっと大きな爆発を起こすと脅迫していた。従って真田分析官が要求に応えたことで大きな爆発を避けたとも評価できる」

小早川の言葉は嬉《うれ》しくはなかった。

結局、爆発は起こったのだ。

「科捜研の分析によれば爆発物は過酸化アセトンを主成分とするもので、二〇一八年に名古屋市の大学生が逮捕された事件で製造されたものと酷似している。この爆弾の製造法は別の者によってかつてネットに公開されていた。材料もホームセンターやネットで入手可能だ。爆発物関係者を追うことは当然ではあるが、必ずしも成果が得られるとは限らない。また、携帯電話網を利用して起爆していることから犯人はITに知識を持つ人物と思量される。警備課員は調査対象団体を中心にこのような人物の洗い出しを続けてもらいたい」

小早川はいくらか表情をゆるめて言葉を継いだ。

「さて、現場について少し説明を加えよう。臨済宗の東勝寺は北条氏の菩提寺《ぼだいじ》のひとつだった。一三三三年に最後の九代執権北条高時は新田義貞の軍勢に攻められて、一族でこの東勝寺に立てこもって火を放った。結局、一族郎党と兵をあわせて八百数十名が死んだ。鎌倉幕府が滅びたこの戦いは東勝寺合戦とも呼ばれる。東側の林には『北条高時の腹切りやぐら』と呼ばれる洞穴もある。室町期には関東十刹《じっさつ》に数えられたが、いつしか廃寺となり、少なくとも江戸期には存在しなかった。いずれにはせよ、まさに北条氏ゆかりの寺だったわけだ」

説明を終えて小早川は席についた。

夏希は調べる気力がなかったので、初めて知ったことばかりだった。

ふたたび佐竹が立ち上がった。

「第二回の爆発が起きたことで、新たな目撃情報が得られる可能性が出てきた。残念ながら現場直近には防犯カメラは存在していない。だが、周辺地域の防犯カメラや駐車車両の車載カメラのデータの収集に力を入れる必要がある。捜査一課と所轄刑事課の捜査員は地取りにさらに力を入れてもらいたい」

「ところで、犯人像について真田の意見を聞きたいと思うのだが」

福島一課長がいきなり振ってきた。

「確定的なことを言えるほどの情報量がないので、その点はあらかじめお断りしておきます。犯人は比較的豊かな家庭に育った高等教育を受けている三〇代から五〇代の男性だと推測できます。愛想はよいですが、表裏がある。つまり平気で嘘をつくおそれがあります。また、他者を害しても良心の呵責《かしやく》を感じにくいような性格の持ち主であるとも思われます。いまのところはこれくらいです」

捜査員たちは夏希の言葉を真剣にメモしている。

夏希が説明を終えると、織田が立ち上がった。

「わたしはいま非常に悔しい思いを抱いております。昨日、真田分析官は大変なご苦労をなさって犯人の要求に応えて下さいました。しかし、犯人は約束を破って新たな爆発を起こしました。我々警察組織は犯人に翻弄《ほんろう》されているとも言えます。このような状態を早く収束させることは警察の威信を守るためにも大変に重要と言わざるを得ません。捜査員の皆さんの力に期待してます」

眉間《みけん》にしわを寄せた織田はいつになく言葉に力を込めた。

「新たな班分けを行う。捜査一課と所轄刑事課の者は佐竹管理官のところに集まるように。また、警備課の者は小早川管理官のところに集まってくれ」

班分けが始まった。

石田と沙羅も後方にいた。出かける前にお礼を言おうと思っていたら、織田が夏希の席に近づいてきた。

「昨日は本当にお疲れさまでした」

「はい、疲れました」

素直な気持ちを口にしたところで、ＰＣからいきなり着信音が鳴った。

夏希と織田は顔を見合わせた。

「メッセージ来ましたね」

「はい……」

夏希は目の前のディスプレイを凝視した。

ワダヨシモリは本当に自分に恨みを持つ者なのだろうか。

――かもめ★百合さん、昨日はお疲れさまでした。僕のお礼はどうでしたか？

「返信して下さい」

息せき切って織田が促した。

――わたしはあなたとの約束を守りました。なのに、あなたはどうして約束を破ったんですか。

すぐに返信がきた。

――僕は約束は守りましたよ。

――なに言ってんですか。東勝寺跡で爆発を起こしたでしょ。

――人身に被害は出ませんでしたよね？

――でも、爆発を起こしましたよね。

――昨日のステージが気に入らなかったんです。

――なにが気に入らなかったんですか。きちんとステージメイクしてテレビ放映もしましたよ。約束はすべて守りましたよ。

――顔出ししなかったじゃないですか。マスクなんてしちゃって。

――でも、あれは紛れもなくわたしです。キャプチャー画像などで同一性の確認はとれるはずです。

――僕の言葉の隙を突いてくるその態度が気に入らないんだよ。してやったりというあんたの顔が目に浮かんでいらつく。

ワダヨシモリは初めて感情的な態度を見せた。これは分析に値する態度だ。

——だけど約束は守りました。

——次のステージを要求します。

——なにを言い出すんですか。

夏希の背筋に冷たいものが走った。また、歌わされるのか……。

——昨日と同一条件です。鶴岡八幡宮の舞殿で歌ってもらいます。サクラテレビの生中継と今度は完全顔出しでお願いします。

——わたしもう無理ですから。

さすがにもうたくさんだった。

――A《エー》・B《ビー》・C《シー》-X《エックス》の『BAN BAN DANCE!!』を踊ってもらいます。

――え？　誰ですか？

――知らないんですか？

「男性五人組のアイドルグループですよ。デビューは二〇〇八年です」

横から説明してくれたのは小早川だった。班分けは終わったようだ。

――五人組のアイドルですね。一人じゃ無理でしょ？

――あなたにやれとは言ってないですよ。鎌倉署地域課の男性警官から五人の精鋭メンバーを選出してください。さすがに歌って踊っては無理でしょうから歌は音源使っていいです。もちろん制服姿で踊ってもらいます。

夏希は自分の目を疑った。

――わたしじゃないんですか？

――あんたが出るとムカつくからね。

この言葉に夏希のこころは急にかるくなった。

ワダヨシモリは自分が携わった事件とは無関係だ。

鎌倉署の地域課五人を指名してきたからには、神奈川県警全体、あるいは警察自体がターゲットなのに違いない。地域課員には悪いが、夏希は喜びの声を上げそうになった。

――とにかく地域課五人の『BAN BAN DANCE!!』をよろしくね。

――それはわたしの一存ではお答えできかねます。

――明日《あした》の一六時に、舞殿でステージが始まらなかったら、今度こそ人的被害の出る爆発を起こしますからね。

――こんなことを続ければ、あなたが苦しくなるだけだと思います。悩みがあるのなら、お役に立ちたいです。

ムカつく気持ちを抑えて、夏希は穏やかに呼びかけた。だが、ワダヨシモリは無視した。

——サクラテレビには僕がメールしとくよ。じゃあね。明日の一六時を楽しみにしてるよ。

——ちょっと待って！

それきり反応はなくなった。

夏希の席のまわりには、織田、佐竹、小早川の姿があった。

幹部席には黒田刑事部長と福島一課長、鎌倉署長もそろっていた。

捜査員たちはすでに捜査に出た後だった。

「真田がターゲットでないことはどうやらはっきりしたな」

佐竹がうなるように言った。

「そうですね、今回は鎌倉署員を踊らせよという要求ですからね」

小早川も大きくうなずいた。

「少し気が楽になりました。わたしが携わった事件の関係者ではなさそうですね」

夏希は正直な気持ちを口にした。

「ちょっと勇み足だったな。鑑取り班への指示は変更しなきゃならない」

気まずそうに佐竹が言った。

「肝が冷えましたよ」

夏希は口を尖《とが》らせた。

「いや、すまん」

佐竹は頭を掻《か》いた。

「鎌倉署の地域課をターゲットにしたということは、犯人の狙いは刑事警察だけではないわけです。神奈川県警全体、いや日本の警察組織に対する挑戦ですね」

織田は腹立たしげな表情で言った。

「とにかく刑事部長や捜査一課長たちに見て頂きましょう」

小早川が幹部席の三人を呼びにいった。

三人はそれぞれに重苦しい表情を浮かべて小早川の話を聞いている。

捜査幹部たちはそろって夏希の席に近づいてきた。

刑事部長クラスになると簡単には席から動かないものだが、黒田刑事部長らしいきさくさだなと夏希は思った。

織田が手早く事情を説明した。

「なるほど、織田理事官の言うとおりだね。これは警察組織に対する挑戦だ」

学者っぽい風貌《ふうぼう》を曇らせて黒田は言った。

「何者なのでしょう。警察に対するこうした挑戦的な態度は、かつて左翼暴力集団で見られましたが」

福島一課長が自信なげに口を開いた。

「どうかな。左翼暴力集団らしくないやり口だと思う。ヤツらはもっとくそ真面目だよ。こんな風にふざけたやり方は好まない。しかも、商業資本主義の権化とも言えるテレビ局を使うような手段はつかわないだろう」

黒田刑事部長の言うことは正しいように思えた。

たしかにワダヨシモリはふざけたヤツだ。

「仰せの通りですね……それにしても、署長も大変ですな」

福島一課長は鎌倉署長にねぎらいの言葉を掛けた。

「なぜうちの署が狙われているのか、わたしには皆目見当がつきません」

鎌倉署長はありありととまどいの表情を浮かべた。

「ふたつの可能性が考えられますね。ひとつは鎌倉で事件を起こしたいという動機からたまたま鎌倉署を狙った。もうひとつは鎌倉署自体にも恨みがある場合です」

佐竹は淡々と言ったが、鎌倉署長は目を瞬《しばた》いた。

「鎌倉署が恨みを受けているようなことがあるとは思えませんが」

「いや、署長の赴任前の話かもしれませんので」

佐竹は取りなすように言った。

「まぁ、赴任以前のことは詳しくは知りませんが」

鎌倉署長はいくぶん表情をゆるめた。

「真田が第一現場を観察したときから、ある印象を持っているようですが」

佐竹が捜査幹部たちに言った。

「あの……それほど自信があるわけではないのですが……」

単なる感覚に過ぎないから、この内容は捜査会議では発表しなかった。

夏希はとまどった。幹部に伝えるべき内容だろうか。

「ぜひ聞かせてくれ」

黒田刑事部長が笑みを浮かべて促した。

「第一現場の観察の際に、ワダヨシモリが、誰かに対して抱いている深い恨みを、和田氏の北条氏に対する恨みに重ね合わせているのではないかと感じました」

言葉にすると、ますますその思いはつよくなった。

「思想・宗教色は薄いということか」

「はい、動機にはもっとパーソナルな感情が横たわっているような気がします」

「なるほど、最初からたしかに北条氏ゆかりの寺に限定している点から考えると、政治・宗教的な背景という線は薄いかもしれんね」

「組織的な犯行とも考えにくいです。警察官を舞殿で歌わせたり踊らせたりしてプラスになる組織というのは、わたしには考えつきません」

　夏希の言葉に、黒田刑事部長はかるくあごを引いた。

「たしかにそうだな。言ってみればふまじめな要求だ。組織のイメージを下げるだけだ。今度は鎌倉署員を踊らせたいとはな」

「できれば署員にそんなことをさせたくはないんですがね」

　鎌倉署長は眉間《みけん》にしわを寄せた。

「真田は一人で歌ったんですよ。グループならまだマシじゃないですか」

　相変わらず佐竹は、犯人の要求に応《こた》えたほうがいいという考えを維持しているようだ。

「いずれにしても、もう一度犯人の要求に応えてもよいものかは慎重な判断を要しよう。わたしは本部に戻って上層部や地域部長と協議する。織田くん、警察庁の方針を確認してわたしのところへ連絡を入れてほしい」

　黒田刑事部長が穏やかに指示すると、織田は即答した。

「わかりました。すぐにお電話致します」

「では、福島さん、後はよろしくお願いします」

「了解致しました」

　福島一課長は恭敬に頭を下げた。

　黒田刑事部長はゆっくりと会議室を出て行った。鎌倉署長も後を追った。

　その場の人たちは気をつけの姿勢で見送った。

　織田はどこかへ電話を掛け始めた。

「あーあ、もう出てしまいましたよ」

しばらくすると、テレビをチェックしていた小早川の叫び声が響いた。

――鎌倉連続爆破事件の犯人、新たなる要求。鎌倉署員にA・B・C‐Xのダンスナンバーをリクエスト！


バラエティ番組の画面上部にテロップが流れている。

ワダヨシモリは予告通り、サクラテレビにメールを送ったようだ。

この後のニュース番組では大きく取り扱われるはずだ。

「真田の事件関係の捜査は取りやめだ。鎌倉署のとくに地域課に恨みを持つ者を洗い出すように鑑取り班に徹底しろ」

佐竹は連絡要員に下命している。

連絡要員たちがばらばらと無線や電話に向かった。

その後の捜査本部にはまったく動きがなかった。

会議室内には沈滞した雰囲気が漂っている。

夏希は待機し続けたが、あれきりメッセージは送られてこない。

昼前になって織田のスマホが鳴った。

「わかりました……神奈川県警と調整します」

電話を切った織田は続けてどこかへ電話を掛けた。

「警察庁の判断は変わらないです。昨日と同じように犯人の要求に応えよとの指示です。はい、刑事総務課で対応して頂ければと思います。はい、鎌倉署長への下命もお願いします」

黒田刑事部長への連絡だろう。

電話が終わると、佐竹が織田に訊《き》いた。

「織田理事官、警察庁はまたも犯人の要求に応えよと言っているのですね」

渋い顔で織田はうなずいた。

「信じられないですよ。犯人がつけあがるだけじゃないですか」

小早川は口を尖《とが》らせた。

「仕方がないです。僕にはどうしようもありません」

織田は力なく肩を落とした。

「テロには屈しないという国際的な方針には反しますよね」

不満げな表情で小早川は食い下がった。

「真田さんが歌ったのに、鎌倉署員に踊らせないのではまずいことがあるのです」

「なんですか、まずいことって？」

首を傾げて小早川が訊いた。

「女性に歌わせて男性は断ることになってしまいますね。それではジェンダー差別だとの批判を受けるということです」

織田は憂うつそうに答えた。

「なんと……」

小早川は言葉を呑《の》み込んだ。

夏希は驚いた。まさかそんな理由が挙げられるとは思ってもいなかった。

「そうでなくとも、全国の都道府県警でセクハラをはじめとした女性蔑視《べっし》的事例が多々存在すると報道されている昨今です。警察庁としては新たにそのような批判は避けたいということです」

織田は声を落とした。

「わたしのほうで対応することはなにかありますか？」

佐竹が訊くと織田は小さく首を横に振った。

「刑事部については黒田部長が下命してくださいます。警備部各部署への連絡については、小早川さんにお願いしたいです。昨日と同様の警備態勢でいいでしょう」

「了解しました。さっそく手配します」

小早川は歯切れよく答えると、スマホを取り出して連絡し始めた。

外の飲食店が初詣客《はつもうで》で混んでいることもあって、夏希たちは用意された仕出し弁当で昼食を済ませた。

午後になって夏希は第二現場の東勝寺跡を訪ねた。

鎌倉署の地域課員がパトカーで案内してくれた。

パトカーは細い道路の突き当たりで待機してくれている。

フェンスの入口には、この場所が国指定史跡であることを示す説明板があった。

地域課員が管理者の宝戒寺から借り受けてくれた鍵《かぎ》で夏希はフェンスの南京錠を開けた。

フェンスに囲まれた草地は北条義時法華堂跡よりも狭いが、雰囲気はよく似ている。

広場右手奥の樹間に立木を利用して規制線テープが張られていた。

歩み寄った夏希は、爆破地点をゆっくりと観察した。

本当に爆破があったとは思えないほど、被害は軽微だった。

灌木《かんぼく》と枯れ草が少し焦げているだけだ。

人気のない場所だけに爆発音が聞こえなければ、爆発があったことにも気づかなかったかもしれない。

視線を草地の奥に移すと、白っぽい砂岩の低い崖《がけ》に洞穴が穿《うが》たれている。

事前にネットで調べたところによると、これは北条高時の腹切りやぐらではない。

腹切りやぐらはいまパトカーが停まっている道の奥から階段を上って山に分け入った場所にある。

ネットでは腹切りやぐらは心霊スポットだとするいい加減な投稿が少なくなかった。

管理者の宝戒寺が『霊処浄域につき参拝以外の立入を禁ずる 宝戒寺』との石標を立

ている写真も見かけた。

興味本位で訪れるような場所でないことは言うまでもない。

実際には北条一族の遺骨はこのやぐらには埋まっていないそうだ。

東勝寺跡の草地を囲むフェンスは低いし、興味本位の不届き者が入り込むことは容易だろう。

夏希は草地の中央に立った。

目をつむり脳をDMNモードに持ってゆく。

静かに目を開いて草地の全体を観察した。

まわりからはさやさやと雑木林の葉音が聞こえる。

あたたかい陽差しが降り注いでいるのに、どこかひんやりとした雰囲気が漂う。

第一現場の北条義時法華堂跡と同じ空気だ。

この地には北条氏の怨念《おんねん》や絶望が渦巻いている。

もちろん霊的な現象の話ではない。

この土地の歴史を知っている者なら、誰しも多少なりとも受ける感覚だろう。

犯人がこの土地を第二の爆破ポイントとして選んだことは、第一現場と同一線上にあるように感じられた。

犯人は自分の恨みを滅ぼされた北条氏の恨みに重ね合わせているように思えるのだ。

人を小馬鹿にしたようなワダヨシモリの態度とはどこかそぐわないものを感ずる。

もっとも、第一現場では滅ぼした側が北条氏であり、第二現場では滅ぼされた側が北条氏だ。つまり恨みのベクトルは逆なのだ。

北条氏に滅ぼされたワダヨシモリを名乗る犯人が選ぶ場所としてはそぐわない気がする。

違和感を覚えつつ、夏希は東勝寺跡を後にしてパトカーに乗り込んだ。

「なにか新しい展開はありましたか」

捜査本部に戻った夏希は、佐竹に尋ねた。

「いや、いまのところめぼしい情報はないよ」

佐竹はさえない顔で言葉を継いだ。

「第二現場周辺で聞き込みをしている地取り班からも目撃情報は入ってきていない。科捜研の分析通り携帯電話網による起爆だとすれば、爆弾を埋設したのが一週間以上前かもしれない。当然、夜間だろうし、目撃者が見つからなくても不思議はない。第二現場付近は住宅地なので、防犯カメラも設置されていない」

「鑑取りはどうですか」

「ここ五年ほど遡《さかのぼ》って鎌倉署に検挙された者を鑑取り班が当たっているが、交通事犯まで含めるとかなりの数になる。また、検挙者だけではなく、鎌倉署に対してなんらかの相談をして不満を抱いている者も対象とすべきかもしれない。いずれにしても、アリバイなどを確認するのには相当の時間が掛かりそうだ。ところで、現場観察の結果はどうだ」

「第一現場と同じ印象でした」

織田が近づいてきた。

「つまり、犯人は自分の恨みを滅ぼされた者の恨みに重ね合わせているということですね」

「そうです。やはりパーソナルな感情が横たわっていると思えます。その印象と自分が対峙《たいじ》しているワダヨシモリの印象はちぐはぐな感じもします」

「複数の犯人の可能性があるのでしょうか」

眉《まゆ》をひそめて織田は訊いた。

「いえ、そこまではわかりません。《反社会性パーソナリティ障害》の傾向を持つ人間は、極端なケースでは笑いながら人を刺すようなこともありますから」

「なるほど……怖い人間ですね」

「しかし、いまの段階では確定的なことはなにひとつ言えないです。現場から受ける印象と、ワダヨシモリの警察に対する態度はちぐはぐですが原因はわかりません。犯人像は見えてきていないというのが正直なわたしの気持ちです」

夏希はいままでの経緯をもう一度ゆっくり見直さねばならないと思っていた。

「なんだかパクってても簡単には歌わないタイプの人間のような気がするな」

佐竹の言葉の意味が夏希にはわからなかった。

「歌うって、どういうことですか？」

「いや、刑事《デカ》言葉で歌うってのは自白することを意味しているんだ」

「初めて聞きました」

「まぁ、真田が覚える必要のない言葉かもしれんな」

佐竹は低い声で笑った。

その後も大きな進展はなく、午後八時からの捜査会議でもこれといっためぼしい情報は発表されなかった。

【2】＠二〇二一年一月五日（火）

翌日の午後の捜査本部には緊張感が漂っていた。

あと少しで、鎌倉署員たちのステージが始まる。

もっとも多くの捜査員は出払っており、会議室にいるのは夏希と福島一課長と佐竹・小早川両管理官を除いては数名の連絡要員だけだった。

「鎌倉署地域課では結局、若手の署員から少しでも踊れそうな者を五名選んだそうだ」

佐竹が顔をしかめて言った。

「相当に練習したんでしょうね」

自分のことと重ね合わせて考えると、鎌倉署の若手たちも実に気の毒に思えてくる。

「鎌倉署の交通課にダンスの経験がある女性警官がいて、その人が指導したそうですよ」

　小早川が口もとを歪《ゆが》めて言った。

「犯人が指定した『BAN　BAN　DANCE!!』のMVをYouTubeで見てみましたが、あれを一日で踊れるようになるのは大変なことなのではないでしょうか」

「たしかに一日はきついですが、めちゃくちゃ難易度が高いわけでもないでしょう。年齢的にも高めのグループですし」

　小早川の好きな若い女性アイドルのダンスとは難しさが違うのだろうか。そもそも夏希にはダンスのことはなにもわからない。

「興味深いのは、ワダヨシモリが一日の練習時間を与える点です。わたしもあの一日の余裕がなかったら、とても歌えませんでした」

　犯人が昨日でなく、今日の一六時を指定してきた理由が夏希にははっきりとはわからなかった。

　自分のときにも当日を指定されたら、石田のトレーニングを受ける時間もなかった。

「そうですね、なぜその日に踊れと言ってこないのか。僕も不思議な気がします」

　小早川も首を傾げた。

　ひとつだけ思い当たることはあった。

「考えられることは……」

言いかけて夏希は口をつぐんだ。

あまりにも根拠が希薄な印象だったからである。

「どうした、真田。言いたいことがあるのなら言え」

佐竹が気短に促した。

「単なる憶測に過ぎないのですが……ワダヨシモリはいささか完璧《かんぺき》主義的傾向を帯びているのかもしれません。この精神状態は、なにごとにも必要以上に高い目標基準を設定して、自己に対して厳しい評価を向けて、さらに他者の評価を極端に気にするという性質を持ちます。だから、彼は少しでも世間の評価に堪えられるような、きちんとしたステージを創り出したかったのではないのでしょうか。サクラテレビを指名したのも独占生中継となれば、視聴率が稼げるから全面的にバックアップするからではないかと思います」

ヘアメイクの三宅やスタイリストの米津、さらに撮影や照明、音響のプロたちのおかげで、あのステージをなんとかこなすことができたのだ。

「なるほど！　もしただ単にテレビ各局に生中継をさせろという要求では報道扱いに過ぎないですが、独占生中継となればエンタメ的な扱いになる。犯人がそこを見越したということは大いに考えられます」

打てば響くように小早川が答えた。

「実際にはワダヨシモリは警察を脅迫しただけなんだぞ」

佐竹は苦り切った。

「でも、ワダヨシモリは自分がこのステージのプロデューサーだと考えているのではないんでしょうか」

「それはあり得ますねぇ。警察が人気曲にあわせて歌い踊る。一般市民にとってこんなにおもしろいエンタメはないですからね」

小早川は大きくうなずいた。

「織田理事官がどれだけ憂慮していることか」

佐竹が鼻から大きく息を吐いた。

「まぁ、さすがにこれで打ち止めでしょう」

小早川はのんきな声で言った。

「俺なんかに踊れって言われたら、警察辞めて海外逃亡だな」

佐竹はまじめな顔で言った。

「おっと、もう始まりますよ」

会議室の掛け時計を見た小早川がテレビをつけた。

しばらくはCMが続けて流れていた。

やがてパッと鶴岡八幡宮の舞殿広場が映し出された。

さすがにバラティ番組のような雰囲気ではなく、スーツ姿のアナウンサーが報道番組のように立っている。名目上は報道とされているようだ。

テロップには「鎌倉市鶴岡八幡宮舞殿（下拝殿）」とだけ表示されている。

「神奈川県民の安全を守るために、連続爆破犯人の要求に神奈川県警が応《こた》えることになりました。まもなく鎌倉署地域課の皆さんによるステージが始まります」

四〇代くらいのアナウンサーはくそ真面目な調子で話している。

一昨日《おととい》の自分のときもこんな雰囲気だったのだろうか。

バラエティ番組のようなスタイルにしたり解説者を入れたりして、ワダヨシモリが機嫌を損ねることをサクラテレビは恐れているのだろう。

その意味で、警察と並んでサクラテレビも被害者の側面を持つわけである。

「会場となる鶴岡八幡宮は、ものものしい警備態勢となっています。中継を許されたサクラテレビのスタッフ以外は誰ひとりとして境内に入ることはできません」

ずらりと並ぶ出動服姿の機動隊員が映し出され、ものものしい雰囲気が伝わってくる。

「また、犯人を名乗るワダヨシモリが許可したために、会場を映そうというドローンが数機飛来しています」

テレビカメラは舞殿の上空に飛ぶ五機ほどの小型ドローンを映し出した。

「いよいよ始まります」

落ち着いた声音でアナウンサーは告げた。

カメラが切り替わり舞殿が映し出された。

イントロが響き始めた。

次の瞬間、照明がオンになった。

「うおっ」

小早川が叫んだ。

ステージは上衣《うわぎ》が腰までしかない活動服を身につけた地域課員が五人、それぞれにポーズを取って立っている。動画で見たとおりのフォーメーションだ。

「顔……よく見える……」

夏希は低くうめいた。

堪えられないので自分の放映は見ていなかった夏希だが、こんなに顔がはっきり映っているとは思っていなかった。

二〇代前半から半ばくらいの若い男たちで、それなりにスタイルもいい。

誰もがA・B・C‐Xのメンバーとは比較にならないほどがっしりしている体形だが……。

すぐに五人は右手をそろえて上げて、くるくると回転し始めた。

五人の筋肉が生む躍動感が舞殿いっぱいに鮮やかに展開される。

リズムを大きく外す者はなく、予想していたよりずっと上手だ。

若いだけあってバネのように身体が動き、飛び散る汗がライトに光る。

五人とも真剣そのものの表情で踊り続けた。

フルオケのエンディングが響いた。

心もち足を開いて右手を高く上に上げるキメのポーズもばっちり決まった。

照明がパッと落とされた。

「ブラヴォー！」

佐竹は画面に向かって拍手を送った。

「いや、鎌倉署がんばりましたね」

小早川も関心したような声を出した。

「一昨日の真田に今日のこれ、神奈川県警は芸達者が多いな」

どこか嬉《うれ》しそうに佐竹は言った。

「佐竹さん、忘年会の隠し芸みたいに言わないで下さい。わたしもそうでしたが、あの五人も必死だったと思いますよ」

夏希は苦情を口にせざるを得なかった。

「いや、すまんすまん」

佐竹は頭を掻《か》いて笑った。

「これですべて終わりにしてくれればいいんですけど」

夏希は誰に言うともなくつぶやいた。

机上のＰＣにはなんのメッセージも入らなかった。

会議室内は静まりかえっていた。

だが、そんな捜査本部の静けさは長くは続かなかった。

時計の針が六時をまわってしばらくした頃、会議室内に通信指令課からの入電を知らせるブザーが鳴り響いた。

——鎌倉市長谷《はせ》で爆発音が聞こえたとの一一〇番通報が入電中。

「なんだって！」

佐竹が叫んで立ち上がった。

夏希の背中に冷たいものが走った。

——現場は鎌倉市長谷一丁目五番地三号の鎌倉文学館敷地内。近隣車輛《しゃりょう》は現場に急行せよ。

——鎌倉2現場に急行する。

——鎌倉2被害状況を報告せよ。負傷者がいれば救護措置をとれ。

——鎌倉2了解。

「被害状況がわかり次第、報告しろっ」

佐竹は連絡要員に向かって厳しい声で下命した。

「いったいどういうことでしょう。鎌倉文学館って……」

クラシックな美しい洋館で、鎌倉ゆかりのたくさんの文学者たちの遺品を集めて展示している施設ではなかったか。

夏希の問いに答えるように小早川がPCに向かってキーボードを叩《たた》いた。

「現在のあの優美な建物は昭和一一年に前田利為《まえだとしなり》侯爵が建てたものですが、鎌倉時代には長楽寺《ちょうらくじ》という律《りつ》宗の大寺院があった場所なんですよ」

ディスプレイを見ながら小早川が言った。

「そうなんですか！」

「ええ、北条政子が夫の源頼朝の死後、その菩提《ぼだい》を弔うために建てた寺院です。だいたい八〇〇メートル四方に七堂伽藍《しちどうがらん》があったそうですが、第二現場の東勝寺跡と同じく鎌倉幕府滅亡のときに新田義貞の軍勢に焼かれたそうです」

「北条氏ゆかりの寺院跡なわけですね」

「はい、第一、第二現場と同じ性質を持つ場所だと思われます」

「でも、地域課の人たちは約束を守ったのに、犯人はなんでまた爆発を起こしたのでしょうか」

舞殿のステージに立つまでの苦労を知っているだけに夏希は悔しかった。

「犯人からメッセージが入るのではないでしょうか」

小早川の言うとおり、ワダヨシモリはなんらかの意思表示をしてくると思われた。

連絡要員が佐竹のところに小走りに歩み寄って一枚のメモを渡した。

「今回も大きな被害は出なかった。爆発が起きたのは鎌倉文学館の敷地南側の門に隣接する雑木林だ。一六時半で閉館しており、爆発があった午後六時一三分には職員も帰宅していて施設内は無人だった。現場に急行した地域課員からの連絡では人的被害はゼロで門自体にも破損はなく、草が焦げている程度ではないかということだ」

佐竹は静かに伝えた。

とりあえず夏希はホッとした。

「よかったです。でも、また同じパターンですね」

「そうだな、いったいなにを考えているのか」

佐竹は腕組みをした。

そのときメッセージの着信を知らせるアラームが鳴った。

「きましたよ」

小早川がこわばった表情で歩み寄ってきた。

――かもめ★百合さん、こんばんは。さっきのステージは見ましたね？

「レスをお願いします」

爆破事件のあった直後だけに小早川の声も緊張している。

――見ました。

――今夜の僕のプレゼントも、もう知ってますよね？

――鎌倉文学館はあなたの仕業なんですね？

――長楽寺跡と言ってほしいですね。でも、踊ったから、人的被害は出しませんでしたよ。

ほかには考えられないが、これでワダヨシモリの犯行とはっきりした。

――人的被害が出なかったことはよかったですが、約束を守ったのにどうして？

――ステージに不満があったからね。

――たった一日ではそんなに上手《うま》く踊れるわけないですよ。みんな頑張ったんです。

――上手いとか下手とかの問題じゃないんだよ。みんなふてくされてたでしょ。それが気に入らないんだ。

――ふてくされてなんていませんよ。五人とも真剣に踊っていただけです。

――A・B・C‐XのMV見てみましたか？

――ええ、だから五人がどんなに頑張ったかよくわかりましたよ。

――A・B・C‐Xはみんな見る人を喜ばせようとニコニコ笑ってるじゃないですか。それなのになんですか、あの仏頂面は。

――無茶言わないで下さい。彼らは警察官ですよ。芸能人じゃありません。

わかってきた。ワダヨシモリはただ難癖をつけているだけなのだ。夏希には顔出ししないと文句を言い、顔出しした地域課員たちには仏頂面とダメ出しをする。彼が満足するようなステージなど最初から存在しないのだ。

――なので、もう一度ステージを見せてもらいましょうか。

――なんですって？

――あのさ、そこっていわゆる捜査本部なんでしょ？

――そうですよ。

――鎌倉市内寺院連続爆破事件捜査本部とかって戒名が書いてあるんですよね。

捜査本部に掲げられる事件名の看板を刑事用語で戒名と呼ぶ。最近の市民は刑事ドラマなどの影響で刑事用語や警察用語に詳しい。

――そんな名前がついてます。

――捜査本部長や捜査主任、管理官なんかもいるわけですよね。

——まぁそうですけど。

嫌な予感がした。まさか……。

——捜査本部のエラい人から選抜した五人で同じA・B・C‐Xの『Take the X Train』を踊ってもらいましょうか。捜査主任や管理官ね。

夏希の嫌な予感は当たった。

「なんだって！」

小早川は裏返った声で叫んだ。

「冗談じゃないぞ」

佐竹は怒気を含んだ声をあげた。

——そんな無理ですよ。

——断るなら、今度こそ大爆発を起こしますよ。人死が出るかもしれないなぁ。

夏希はムカムカする気持ちを抑えつけてキーボードを叩《たた》いた。

――だいいち、幹部や管理官は地域課員のように若くはありません。A・B・C‐Xなんて踊れるわけないじゃないですか。警部と言えば若くても三五歳くらい。ふつうは五〇代ですよ。

――そうかぁ。A・B・C‐Xはオジサンには無理か。

――絶対に無理です。あなたの望むようなステージにはなりませんよ。

――わかった。その世代でも踊れるヤツ。あれだ！

――なんですか？

――ラッキーハウスマーチのパラパラ。あれならオトシヨリでも踊れるよね？

「パラパラってなんでしたっけ？」

聞き覚えがある言葉だが、夏希にはダンスの一種としかわからなかった。

「一九八〇年代の後半に日本で生まれたダンスです。いちばん流行したのは一九九〇年頃のバブル期で二次ブームが一九九五年前後、三次ブームが二〇〇〇年頃です。おもにユーロビートで踊られます」

小早川が即答した。

「一九九五年っていうと佐竹さんが二〇代くらいですね。踊れますか?」

夏希の問いに佐竹は顔の前で大きく手を振った。

「名前しか知らんぞ。踊れるわけないだろ」

佐竹の声は怒りに震えている。

──警察官はもともとダンスとか得意じゃない人が多いんですよ。

──そんなこと知らないよ。ラッキー・パラパラ、よろしくね。

なんでもいいから断る理由を並べ立てよう。

──捜査幹部はほかの捜査本部と掛け持ちしていますので無理だと思います。

──ふーん、じゃ管理官でもいいよ。管理官は掛け持ちしないでしょ。知ってるよ。

このあたりの知識も警察小説などにはよく書いてあるのかもしれない。

――とにかく難しいと思いますよ。

――それじゃあ、あなた踊る？

――嫌ですよ。もう勘弁して下さい。

――ははは、そこの捜査本部にいる警部以上で最低三人だ。明日《あした》の一六時から舞殿で踊ってもらう。またサクラテレビの独占生中継だ。三回目だから、テレビ局側も慣れてきたでしょ？

――無理言わないで下さい。

――ふだんのスーツ姿でいいけど、もちろん顔出しでお願いします。一六時にステージが始まらなかったら、一六時半に北条氏ゆかりの寺で大爆発起こすからね。まだ参詣《さんけい》客がいるでしょ。覚悟しといて。

——お願い、そんなことしないで！

——明日の一六時を楽しみにしているよ。

——ちょっと待って！


だが、それきりレスは途絶えた。

「ふざけた野郎だ」

佐竹は目の前のテーブルを手の拳《こぶし》で叩いた。

額に青筋が立っている。

「劇場型犯罪、ここに極まれりですね。なんという非道な」

小早川の鼻息も荒い。

「俺は絶対に嫌だからな」

佐竹はつばを飛ばした。

夏希には歌えと言ったくせに頑強に拒んでいる。

人間は勝手な動物である。

「小早川さんはどうなの？」

「ぼ、僕がダンスなんてできるわけないでしょうが」

小早川は全身をぶるっと震わせた。

「アイドルのライブでサイリュームとかペンライト振って踊っているんじゃないの？」

夏希はからかい半分に訊《き》いた。

自分もからかわれたのだから、これくらいはいいだろう。

「そんなことしてませんよ。だいたいパラパラなんて知りませんからっ」

小早川は本気で怒っている。

「とりあえず、福島さんや織田さんに連絡入れなきゃならないですね」

二人の怒りに気圧《けお》されて、夏希は話題を変えた。

「わかりました。僕が電話します」

小早川はスマホを取り出して部屋の隅に移動した。

一時間ほどして、連絡要員がさっと起立した。

福島一課長が戸口に姿を現したのだ。

「大変なことになったな」

福島一課長は眉間《みけん》にしわを寄せて口を開いた。

「とんでもないことを要求してきましたよ」

佐竹が苦り切った顔で答えた。

「犯人はますますつけあがってきました」

小早川は口を尖《とが》らせた。

「本部で上層部と協議した。織田理事官から警察庁の決定の連絡もあった」

会議室にいる者の視線が福島一課長に集中した。

「結論から言おう。犯人の要求に応《こた》える」

福島一課長は厳然と言い放った。

「そんな馬鹿な……」

小早川は真っ青になった。

「踊れという決定なんですか」

佐竹の声はかすれた。

「踊らんわけにはいかんのだ。もしここで犯人の要求を無視すれば、神奈川県警は階級の低い者だけを犠牲にして幹部は平気な顔で逃げているという批判を浴びる」

福島一課長は静かな声音で続けた。

「そんなのはあたりまえじゃないですか」

佐竹は憤然と鼻から息を吐いた。

警察は絶対的な階級社会である。一階級上の者に意見を具申することさえ勇気が要る。この階級意識が過酷な警察の業務を支えているひとつのファクターであるともいえる。上司の命令が絶対でなければ危険な任務に対応する集団は存在し得ない。

「だがね、我々の階級意識というものは、世間には通用しないんだよ」

「そうかもしれませんが……」

小早川は納得している顔ではない。

「やれ警視だ、警視正だと威張ってみたところで、世間の人から見ればただの公務員に過ぎないんだよ」

噛《か》んで含めるような福島一課長の声だった。

「しかし、踊るなんてのは警察官の仕事ではありません」

佐竹は食い下がった。

「おいおい、タケさん、真田に歌わせといていまさらなに言ってんだ」

「はぁ……」

気まずそうに佐竹は黙った。

「わたしとタケさんと小早川くん、三人で踊ろう」

福島一課長はにっこりとほほえんで言った。

「ふ、福島さんっ」

夏希の声はもつれた。まさか福島一課長自身が踊るとは。

「そんな……」

「一課長……」

小早川も佐竹も言葉を失っている。

「わたしの顔は捜査一課長に就任したときに新聞に出ちまっている。身バレしてるんだ。

本物の捜査幹部であることは証明できる。県警の看板にはちょうどいいよ。なんなら役職名と氏名のテロップを流してもらってもいい。君たちにはテロップはいらないんじゃないか」

福島一課長はなんの気ない調子で言った。

「ですが、わたしは踊りなどできません」

佐竹は抗《あらが》い続けている。

「ラッキーハウスのパラパラだろ。踊れるよ。あれは難しくない。下半身は2ステップといって身体を左右に移動させるだけだ。手や腕を動かす上半身のパーツは下半身とは分離している。簡単な動きを創っちまえばいいんだ。たとえば」

福島一課長は左右の腕をささっと振って見せた。

まるで別人になったようなキレのある動きだった。

夏希は心底驚いた。

小早川は目を大きく見開き、佐竹は口をあんぐり開けて見る。

「福島さん、すごくカッコイイです」

素直な賛辞の言葉を夏希は口にした。

「まぁな。学生時代にはディスコによく行ってたからな」

照れたように福島一課長は笑った。

「福島さんがですかぁ」

夏希は仰《の》け反った。

「そうだよ、わたしの若い頃はディスコ全盛の時代だ。六本木《ろっぽんぎ》のスクエアビルにもよく通った。その頃は新宿《しんじゅく》のディスコはダサいってイメージがあってね。六本木はワンクラス上って感じでね。お客さんにも美人が多かった。《キサナドゥ》《ギゼ》《玉椿《ツバキボール》》なんて店に行くと鼻が高かった」

白髪の多い福島一課長の顔を夏希は穴の開くほど見つめた。

「福島一課長にそんな青春時代があったなんて……」

小早川はぼう然とした調子で言った。

「それから、パラパラがブームになった九五年頃、わたしはパラパラを覚えなきゃならない事情があってね」

「どんな事情なんですか？」

夏希は興味津々で訊いた。

「その頃は三〇代半ばで加賀町《かがちょう》署の刑事課にいたんだけどね……まぁその話はいいか」

福島一課長は急にとぼけた。

「話してくださいよ」

夏希は請うたが、福島一課長は首を小さく横に振って佐竹たちを見据えた。

「それより、とにかくやろう。神奈川県警の意地を見せてやるんだ」

つよい口調で福島一課長は言い放った。

「はぁ……」

「わかりました」

佐竹も小早川も不承不承にうなずいた。

「明日《あした》は朝からレッスンだ。署長に部屋を貸してもらうように頼んでおいてくれ」

「了解です」

小早川は連絡要員のもとに走った。

「まったくなんてことだ……テレビを見たら娘がしばらく口をきいてくれなくなる」

椅子にへたり込んで佐竹は頭を抱えた。

少しく夏希は気の毒になった。

高校生の娘とのコミュニケーションに困っていると、よく佐竹は口にしている。

夜八時からの捜査会議では現場の状況が発表されたが、新しい情報はなかった。地取り班が徹底して第三現場の長谷周辺の聞き込みにまわることが確認されたくらいだった。

福島一課長から、明日の一六時に三人が踊ると発表されると、会議室内は騒然となった。

「そんな馬鹿な」

「やめてください」

「県警の恥です」

不規則発言が目立った。

「静かにしろ。これは警察庁と県警上層部の決定だ」

佐竹が不機嫌に声を張り上げた。

「三日に真田分析官が歌い、今日は鎌倉署の地域課員たちが踊った。わたしたちが踊るのになんの不思議があろう」

福島一課長の言葉に会議室内は静寂を取り戻した。

幹部席の隣に座る鎌倉署長は微妙な表情で黙っていた。

帰宅した夏希はいつもの通りゆっくりとバスタイムを楽しんだ。

戸塚駅地下のデリカテッセンで買った惣菜《そうざい》で簡単な夕食を済ませた。

シェリー片手にくつろいでいると、仕事のことが頭に浮かんできた。

家に帰ってからは、頭から仕事についてのいっさいを追い出すように努めている。

だが、今夜のようにままならぬ日もある。

捜査本部でも夏希はワダヨシモリの人物像と真の動機についてずっと考え続けていた。

いままでの経緯を振り返ると、彼は人的被害を避けて寺院跡地ばかりを狙っている。

北条氏ゆかりの寺院を爆破することによって人死を出すと脅してはいるものの、ワダヨシモリが本気で不特定多数の市民に被害を与えようとしているとは思えなくなっていた。

夏希に歌わせ、地域課の五人に踊らせ、さらに福島一課長たちを踊らせることで悦に入っているところからは、きわめて承認欲求の高い人物像が浮かんでくる。捜査本部でも言ったが、完璧《かんぺき》主義の側面も見られる。

警察に恥を掻《か》かせて、その権威をぶち壊そうとしていることからも警察に恨みを抱いていることはたしかだ。だが、舞殿でのステージを実現することが真の目的なのだろうか。

ワダヨシモリの真の目的はほかにあるように思えてならなかった。

いままでの対話は、自己を覆い隠すような態度に感じる。彼の本当の姿はあの独特のふざけたようなメッセージの陰に隠されている。

夏希にはその向こうにあるものが、どうしても見えてこなかった。

いつの間にか夏希はリビングのソファで寝入っていた。

起き上がった夏希は就寝前の歯磨きをするためにサニタリーに向かった。

今夜もまわりの林はざわざわと落ち着きなく枝を鳴らしていた。

第四章　ラストステージ

【1】　@二〇二一年一月六日（水）

翌朝の捜査会議でも捜査のはかばかしい進展がないことが明らかになった。

地取り班からは犯人の目撃証言も不審者の画像情報も得られていないとの報告があった。

爆発物が携帯電話網を使用する起爆装置を持つものであることは科捜研の分析により確定したが、犯人に迫ることはまったくできない状況だった。

過去に鎌倉署とトラブルを生じた者については鑑取り班がひとりひとり当たっているが、かなりの人数で絞り込みができるほどの状態には到っていないということだった。

さらにワダヨシモリが捜査幹部もターゲットにしたことで、神奈川県警全体にひろげるとなると、この捜査本部の態勢では不可能に近いという状況だとの報告があった。

捜査会議の終了後、夏希はしばらくワダヨシモリからの接触を待っていた。

だが、いままでの二回と同じように、犯人は警察側に要求を突きつけた後はだんまりの姿勢を保っていた。

とりあえず為《な》すべきことがなくなった夏希は、福島一課長たちの陣中見舞いに行こうと思い立った。

彼らは今朝は七時前に出勤して、捜査会議の時間を除いては練習に励んでいるそうだ。

自販機でペットボトルのお茶を何本か買って、同じ階の小会議室に向かった。

廊下からもパラパラが聞こえる。

「お疲れさまです。差し入れです」

ドアを開けると、トレーニングウェア姿の福島一課長たち三人がパッと動きを止めた。

インストラクターと思われる黒いレオタードにタイツ姿の女性が立っている。

「キレイな方！」

夏希の顔を見るなり女性は小さく叫んだ。

冗談ではない。この女性のほうがよっぽどキレイだ。

ライトブラウンのシニヨンに小顔。

均整の取れたスタイル。

黒目がちな両の瞳《ひとみ》がつよい存在感を示している。

鼻筋が通ってふっくらとした唇が愛らしい。

女性はCDラジオのスイッチを切って夏希に歩み寄ってきた。

福島一課長も一緒に近づいて来る。

「いつも話してる真田だ」

どうやら知り合いらしい。

「はじめまして。真由美《まゆみ》と言います。三日のステージとっても素敵でしたよ」

真由美と名乗った女性は艶《あで》やかにほほえんだ。

「ありがとうございます。真田夏希です」

夏希はとまどいつつも頭を下げた。

「主人がいつもお世話になっています」

さっと真由美は頭を下げた。

「え？　え？　え？」

夏希を混乱が襲った。いったい誰の奥さんなのだろう。

「いや、うちの家内なんだよ」

福島一課長が、はにかむように笑った。

夏希は驚くしかなかった。

「えーっ、お若い」

叫び声を上げてしまった夏希は、あわてて自分の手で口もとを押さえた。

アラフォーくらいと思《おぼ》しき真由美は、福島一課長とは親子ほども違って見える。

「わたしよりはひとまわりばかり下でね」

となると四五、六くらいか。

「むかし、ジャズダンスのインストラクターをしていましたので、今日は皆さまのお役に立てると主人にお尻《しり》を叩かれまして」

「こんなばあさんの指導では、小早川くんなど残念だろうがな」

小早川がせわしなく手を横に振った。

「ひどい。家に帰ったらとっちめてやりますよ」

真由美は笑いながら、福島一課長の肩をぶった。

「いや、わたしがパラパラを曲がりなりにも踊れるのは、この人に習ったからなんだよ。ある傷害致死事件の捜査で長者町《ちょうじゃまち》のクラブに潜入捜査したことがある。少しは踊れないと怪しまれるからね。家内にみっちり稽古《けいこ》をつけてもらった。まぁ、その事件《ヤマ》では無事に犯人《ホシ》を確保できたんだがね」

昨日、福島一課長が言いよどんでいた事情とはそういうことだったのか。

「もう二五年も前のことですけどね」

「その頃家内は、ある脅迫事件の被害者だったんですよ。わたしが担当だったもんでね」

福島一課長はうっすらと頬を染めた。

「いままで言うストーカーみたいな男につきまとわれてたんですよ。もとはダンススクールの生徒だった人なんですけどね」

真由美は福島一課長の肩にそっと手を掛けた。

「素敵なお話ですね。福島さんは一生、奥さまをストーカーから守ってらっしゃるんですね」

夏希はうっとりとした口調で言った。

「いやいやそんな洒落《しゃれ》た話じゃないよ。その男は起訴されて執行猶予付きの有罪判決が出た後、家内を追い回すことをやめた。いまは外国にいるらしい」

福島一課長は気負いなく言った。

鬼刑事でいながら、こんな素敵な女性をゲットするとは福島一課長も隅に置けない。どう見てもこの夫婦は大の仲よしだ。

「いや、奥さまのご指導のおかげで少しはステップが踏めるようになったんですよ」

佐竹がやわらかな表情を浮かべて言った。

「僕もリズムが飲み込めてきました」

小早川の顔つきも明るい。

「お二人ともご自分でおっしゃるよりは素質があると思いますよ」

真由美は言葉に力を込めた。

「あんまりおだてんほうがいいぞ。二人とも得意とは言えんだろう」

福島一課長が苦笑いした。

「大丈夫ですよ、まだまだ時間はありますって」

明るい声で真由美は言った。

ドアが開いて織田が入って来た。

「いや、本庁との電話が長引いてしまいましてね。遅くなりました」

織田はライトブルーのトレーニングウェアを着ている。

「あら、織田さん、お久しぶり」

真由美がにこやかに答えた。

「ご無沙汰《ぶさた》しております。奥さん、僕にもレッスンをお願いします」

どうやら織田と真由美とは旧知の仲らしい。

だが、問題はそんなことではない。

「織田さんもパラパラを?」

信じられない思いで夏希は尋ねた。

「福島一課長や佐竹さん、小早川さんが踊るのに僕が黙ってテレビを見てられないでしょう」

快活な声で織田は答えた。

「でも、織田さんは県警じゃなくて警察庁の職員じゃないですか」

小早川が意外そうな声を出した。

「僕は犯人の要求する捜査本部にいる警部以上の職員です。条件には当てはまりますよ」

織田はさわやかに笑った。

夏希はあらためて織田を見直した。

ちょっと言い方は悪いが、気取り屋のところのある織田がまさか、人前で恥をさらすとは思わなかった。

パラパラを踊ることは、順調に出世を遂げてきた織田の将来に響かないのだろうか。

「それじゃあ、皆さんもう一度イントロの部分をやってみましょうか。とにかくいちばん大事なのは表情ですからね。ニコニコ笑っていればそれだけでお客さんのこころはつかめます」

真由美が声を張った。

なんとなく練習風景を見ているのは憚《はばか》られた。

夏希は部屋の隅に寄せてあったテーブルにペットボトルを置いた。

「では、皆さん頑張ってください」

声を掛けると、部屋のなかの人々は、手を挙げたりほほえんだり、それぞれに反応を返してきた。

福島と織田にまつわる、ふたつの驚きを胸に夏希は大会議室に戻った。

それから夏希は昨日と同じパトカーで第三現場の観察に出かけた。

だが、第一、第二の現場ほどのつよい印象は得られなかった。

また、いままで受けた印象を変えることもなかった。

いよいよ一六時の放映時間になった。

夏希は捜査本部でハラハラしながらテレビを見ていた。

四人が二列になってフォーメーションを組んでいる。

イントロが始まった。

速いリズムに合わせて四人が2ステップを踏み始めた。

真由美の指導の甲斐《かい》あって、四人の身体の動きは悪くはなかった。

やはり福島一課長の身体の動きは抜群だった。

一瞬、福島がアップにされて、神奈川県警捜査一課長福島正一との白いテロップが流れた。

二番目に上手なのは、織田だった。

ダンスを身につける機会があったのか、織田の動きはすごくなめらかだった。

残りのふたりはさすがに付け焼き刃の感は免れなかった。

あれだけ嫌がっていた理由もわかろうというものだつた。リズムにステップも手足の動きも従《つ》いていっていない。

小早川も手足の動きに自信のなさがはっきりと現れている。

だが、感心したのは、四人とも明るく輝くような表情を作り続けていたことだった。

四人にこんな演技力があったとは意外だった。

失敗しないかとの不安感で、夏希の鼓動がどんどん速まったところでエンディングとなった。

結局、福島一課長以外にテロップは出なかった。

画面に向かって夏希は惜しみない拍手を送った。

まわりで見ていた連絡要員たちも歓声を上げた。

それからの夏希はがらんとした大会議室で気が気ではなかった。

また通信指令課からの急報が入るのではないかとそればかりが気がかりだった。

出演者たちが戻ってくるまでは鎌倉署長が幹部席で指揮をとっている。

だが、署長の実力を夏希は知らなかった。

もしまた爆発が起こったら、署長は闊達《かったつ》な指揮をとれるのだろうか。

PCから着信アラームが鳴った。

緊張しながら夏希はディスプレイを凝視した。


――かもめ★百合さん、こんばんは。

――こんばんは。テレビご覧になりましたか。

――なかなか愉快だったよ。今夜のステージ。福島一課長がパラパラ上手《うま》くて驚いた。

四人表情もよかった。

――お気に召してなによりです。

――だから、今夜は爆発は起こさないと約束しよう。

――ほっとしました。

――だけどね、神奈川県警にはもうひとつのタスクを与えよう。これが最後の要求だ。

――誰を踊らせたいんですか？

――いや、もう歌や踊りは見飽きたよ。

――伺っていいかしら？

夏希の鼓動は速まった。

――松平家由本部長《まつだいらいえよし》に土下座してもらいたい。

なんてことを言い出すのだろう。
こころを静めて夏希はキーボードを叩《たた》いた。

――あなたは神奈川県警に恨みがあるのですね？

――ああ、恨み重なる神奈川県警だ。だから、落とし前をつけてもらう。明日《あした》の一六時、舞殿で松平本部長に土下座させろ。もちろんサクラテレビで生中継ね。

――そんなこと、本部長に上申できません。

――それじゃ明日の夕方には、鎌倉の大事な国宝や文化財がいくつも灰燼《かいじん》に帰すよ。人死が出てもいいいんだね。

――もうそんな風に脅すのはやめてください。

――疑ってるの？　じゃあいますぐどこかを爆破しようかな……。

夏希の額にどっと汗が噴き出した。

——ごめんなさい。そんなことしないで。

——とにかくこれが最後の要求だ。君たち神奈川県警の誠意を見せてくれ。

——上層部には伝えます。

——では、明日の一六時を楽しみにしてるよ。今夜はこれでおしまい。

——待ってください。

それきり返信は途絶えた。

そう言えば、最初のメッセージでワダヨシモリは松が明けるまでの間に北条氏ゆかりの寺を次々に爆破すると言っていた。明日は最終日になるわけだ。

夏希は幹部席に歩み寄って頭を下げた。

「署長、ワダヨシモリは大変な要求をしてきました。恐れ入りますが、ＰＣをご覧頂けますか」

「わかった、いま行きます」

鎌倉署長は夏希の席に歩み寄ってきた。

「うむむ……」

眉間《みけん》にしわを寄せて署長はうなった。

「どうすればよいでしょうか」

「こんなことをわたしから上申できるはずがない」

署長の声はかすれた。

「ちょっと署長室で電話を掛けてきます」

誰に相談するのか、そそくさと署長は会議室を出ていった。

大会議室を静寂が覆った。

入口がちょっと騒がしくなった。

佐竹と小早川が帰ってきたのだ。

連絡要員たちが拍手で迎えた。

「いやぁ、参ったよ。今回はほんとに参った」

佐竹は嘆き声を上げているが、ほっとしたような表情を浮かべている。

「まったく寿命が五年は縮みましたよ」

小早川は疲れ切った顔をしているが、声は明るかった。

「お疲れさまでした。とても素敵なダンスでしたよ」

夏希はにこやかに賛辞を送った。

「そうか、大丈夫だったか」

「安心しました」

佐竹も小早川も頬をゆるめた。

「こんなときになんなんですが、ワダヨシモリが新たな要求を突きつけてきました」

夏希はふたりをPCのところへ引っ張っていった。

ディスプレイを覗《のぞ》き込んだ二人は顔色を変えた。

「冗談じゃない。こんな馬鹿なことに応《こた》えられるか」

佐竹は鼻からふんと息を吐いた。

「ひどいな。ひどすぎる。ワダヨシモリのヤツめ、どこまでつけあがる気なんだ」

小早川はギリギリと歯嚙《はが》みした。

「いずれにしてもすぐに上層部に上げなきゃならんな。刑事部長に電話を入れる」

「わたしは織田さんに電話します」

ふたりはスマホを取り出した。

夏希はふたたびPCに向かった。

【2】@二〇二一年一月六日（水）

小川は心の底から腹を立てていた。

ここ数日の神奈川県警や警察庁の態度にはまったく納得がゆかなかった。

なんで、犯人のあんな屈辱的な要求に唯々諾々と応えたのか。

小川は世間の批判ばかりを気にする警察庁や県警の上層部の判断に、つよい反発を感じていた。警察組織たるもの、もっとどっしりと構えていればいいのだ。マスメディアや世間の批判などに耳を貸さなければいい。

官僚体質というのだろうか、上の人間は自分に責任を押しつけられることをひどく恐れる。

一人で歌わされた真田もかわいそうだったが、鎌倉署の連中もいい恥さらしだ。

それよりもなによりも、神奈川県警の全刑事の頂点に立つ福島一課長や佐竹、小早川の管理官を踊らせようとしていることは許せなかった。

捜索に出ているので一六時から始まる福島たちの生中継は見られないわけだが、見たくもなかった。

こんなことが続けば、神奈川県警の警察官というだけで世間から笑われるようになってしまうのではないだろうか。

「なぁ、そう思わないか、アリシア」

小川はかたわらのアリシアに呼びかけた。

「くうん」

アリシアは甘えるようにひと声鳴いて小川を黒い瞳《ひとみ》で見つめた。

鎌倉文学館での鑑識活動を終えた小川は、鑑識バンを駐《と》めさせてもらっている長谷交番に向かって歩き始めた。

文学館ではすでにほかの鑑識課員が爆発物の残骸《ざんがい》を発見、収集していた。アリシアはたいした手柄を上げることはできなかった。

なんとなく気分が晴れないのはそのせいかもしれない。

アリシアが手柄を立ててみんなに褒められることこそ、小川のいちばんの喜びなのだ。

小川は交番の地域課巡査に礼を言ってアリシアをケージに入れると、鑑識バンの運転席に乗り込んだ。

ワダヨシモリは北条氏ゆかりの寺を爆破すると言いながら、実は廃寺跡ばかり爆破している。

(だいたい、ヤツは脅しを掛けているだけで草地を焦がすくらいのことしかしていないじゃないか。本気じゃないんだ。それなのに上の連中はビクビクしやがって)

「そうだ……」

ふと小川は以前にジュードの事件でアリシアとともに訪れた坂《さか》ノ下《した》の仏法寺《ぶっぽうじ》跡を思い

出した。もしかすると、次の脅迫をするために犯人はあの廃寺跡で爆発を起こすかもしれない。

あの草むらに爆発物が埋設されているのではないだろうか。

もし爆破前に発見すれば、もちろん事件は未然に防げる。さらに損傷していない爆発物を収集できるではないか。犯人に辿《たど》り着くための新たな情報を得ることができる可能性が高い。

アリシアに大手柄を立てさせてやるチャンスがあるかもしれない。

問題は北条氏ゆかりかどうかだ。

小川はスマホを取り出して仏法寺跡を調べ始めた。

文化庁の文化遺産オンラインには『仏法寺跡は、鎌倉幕府、北条氏の支援のもとで陸上・海上交通を支配した極楽寺の有力末寺の寺院跡で、元弘《げんこう》の鎌倉攻めの激戦地の一つでもあり、都市周縁部の葬送、供養関係の遺構も良好に残されており、我が国の歴史を考える上で重要である』と書いてある。

「やった！　北条氏ゆかりの寺院跡だ」

小川は思わず叫んだ。

鎌倉市内にいくつ寺院跡があるのかは知らない。が、北条氏ゆかりであって、かつ人目につきにくい場所はそう多くないのではないだろうか。

住所は坂ノ下になっているが、あの寺院跡は江ノ電の極楽寺駅の近くに登り口があった。

ここから極楽寺駅は一・五キロもない近距離だ。

草むらを分け入ってゆくのはちょっと大変だが、訪れない理由はない。

鎌倉文学館の残留物の捜索をせよという命令にはもちろん入っていない。完全な独断行動だ。

だが、アリシアと一緒にいるおかげで小川には単独行動が許されているし、帰庁についてもあまりうるさいことは言われない。

まだ日暮れまでにはいくらか時間がある。

ちょっとくらい本部への帰庁が遅くなってもどうということはない。遊びに行くわけではないのだ。

小川は迷わず長谷観音の方向へとクルマの鼻先を向けた。

極楽寺坂を上り切ったところで、小川は右手の擬宝珠《ぎぼし》の付けられた朱塗りの桜橋《さくらばし》へとクルマを乗り入れた。

前回訪れたときに知ったが、極楽寺駅付近には駐車スペースがないが、この右手すぐのところにはタイムズがある。

タイムズにクルマを入れて、小川はケージからアリシアを出してハーネスを装着した。

高学年くらいの女の子がふたり寄ってきた。

この先に鎌倉市立稲村《いなむら》ヶ《が》崎《さき》小学校がある。まだ冬休み中で授業がないのだろう。

「かわいい」

「ねぇ、それって警察犬なの？」

　ふたりは一メートルくらい離れた道路際から声を掛けてきた。

　背中に神奈川県警察と表示された現場鑑識作業服を着ているのだから、小川が警察官ということは子どもでもわかるだろう。

「優秀な警察犬だよ。それなんて言わないでくれよ。アリシアっていうちゃんとした名前があるんだ」

　子どもと話すのは得意ではないが、小川はなるべく愛想よく答えた。

「なんていう種類の犬なの？」

「あんまり見たことない。うちのジュリアと似てるけどずっと大きい」

　ふたりは興味深げにアリシアを見ている。

「ドーベルマンっていう犬種だよ。ジュリアの犬種は？」

「ミニチュアピンシャーっていうの」

　たしかドーベルマンとよく似ている小型犬だ。

　ある程度高価だったはずだが、さすがは鎌倉だ。

　子どもたちが寄ってきてから、アリシアのようすが落ち着かない。

　鼻をヒクヒクさせて尻尾《しっぽ》を立てている。

「ごめんな。アリシアはこれからお仕事なんだ」

無理な作り笑いを浮かべて小川はつとめてやさしい声を出した。

「わかった、じゃあね」

「アリシア、バイバイ」

アリシアに手を振ると、子どもたちはいま来たのとは反対の小学校方向へと走り去った。

あっという間に子どもたちは視界から消えた。

ところが、子どもたちがいなくなってもアリシアの不自然なようすは変わらなかった。アスファルトの路面に鼻をつけて臭いを嗅《か》ぎ続けている。

「うわんっ」

ひと声吠《ほ》えたアリシアは、振り返って小川を見た。

「どうした？　アリシア、なにか見つけたのか？」

ふたたびアリシアは路面を嗅いでから小川へと振り返った。

なにかを訴えるようにつぶらな瞳で小川を見つめている。

この態度は火薬の臭いなどに対する反応である可能性がつよい。

「よし、臭いを辿ってくれ。gå！」

アリシアは小川を引っ張るようにして、桜橋とは反対の方向に進み始めた。

仏法寺跡とは逆だが、この際、アリシアの反応を大切にすべきだ。

左手には仏法寺の本寺である真言律宗の極楽寺があるはずだ。

鎌倉期創建の由緒ある寺院で、かつては大伽藍《だいがらん》を有していたという。が、いまは本堂も大きくはなく寺域も狭くなってしまった。

もっとも昔ながらの小さな商店や住宅のために道路から寺はよく見えない。

しばらく進んだ月極駐車場の奥に灰色の瓦《かわら》屋根が見えた。

アリシアは路面の臭いを追いかけつつ、かまわずにどんどん奥へと進んでゆく。

左右に校舎を持ち空中の渡り廊下が道路を跨《また》いでいる稲村ヶ崎小学校を過ぎた。

アリシアの動きは止まらなかった。

住宅地の間を通り抜け、やがて道路がふたつに分かれる地点まで来た。

アリシアは迷わず左の道を指示している。

分岐点には「この先幅員狭し　通行困難」との表示が出ている。

なるほど舗装はされているものの、軽自動車か小型車くらいしか通れなそうな細い道である。

小川とアリシアは左の道へと足を踏み入れた。

すぐに道路は右へ直角に曲がっており、右手に水路が現れたためにさらに細くなった。

なんとなくのどかな住宅地が続いている。

夕暮れ時だからなのか、行き交う人は誰もおらず、あたりは静まりかえっている。

水路沿いに進むと左手に小さなお堂があった。

「月影《つきかげ》地蔵」と刻まれた比較的新しい石柱があった。

ここで道路はふたたびふたつに分かれている。

アリシアは左に折れる分岐路を指示した。

さらに細い坂道が始まっていた。

月影地蔵のお堂を左に見て、小川たちは坂道を上り始めた。

右手には数軒の民家が建っているが、左手はうっそうとした森になっている。

左手に古い墓地があるところを抜けると、右手の民家は切れて畑とがらんとした駐車場になっている。クルマはここまでしか入れない。この先は長い階段になっている。

臭いを追いながらアリシアは階段を上り始めた。小川も引っ張られるようについてゆく。

左右から大きな木々が覆い被《かぶ》さるように茂ってトンネルのようになっている。

森がちょっと切れて、右手には広大な墓地が現れた。

墓地が終わったところの左手の斜面に石段が現れた。

赤さびた鉄の門扉があるが、倒壊し掛かっている。

アリシアは門のなかに進もうとしている。

ちょっと押すと門扉は容易に開いた。

小川は門のなかへと足を踏み入れ、石段をゆっくりと上り始めた。

左右の森は深い。森の奥でコジュケイの鳴く声が響いている。

上りきったところに古びた平屋の民家が建っていた。

羽目板の壁で茶色い瓦屋根が載っている。板壁をうっすらと緑色の苔《こけ》のようなものが覆っているが、廃屋ではなさそうだ。

狭い前庭があって右手には木で造られた物置小屋が建っている。

洋風の造りで玄関は窓のない木製のドアになっていた。

屋内は静まりかえっていて人気は感じられない。

小川に振り向いたアリシアは、ひと声「わうんっ」と吠えた。

「もしかするとここがアジトなのか……」

小川は応援を呼ぼうと、スマホを取り出した。

そのとたんだった。

バチバチという音が響いた。

「ぎゃいいん」

アリシアが悲痛な鳴き声を上げた。

恐ろしい速さでアリシアは階段の方向へと逃げた。

なにが起きたのかよくわからなかった。

次の瞬間、小川は背中に強烈な痛みを感じた。

「しまった」

声にならなかった。

小川は痛みに堪えかねて地面に転がった。

スタンガンでやられたのだ。

アリシアも攻撃できたところから推測すると、おそらくバトンタイプの長いものを使ったのだろう。

なんという油断だろう。

身体がしびれて動けずにいるうちに小川は後ろ手に手錠を掛けられてしまった。

地に伏していると、頭の上でズズッという音が響いた。

物置小屋の引き戸を開けている音らしい。

タオルのような布で目隠しをされ、猿ぐつわまで噛《か》まされてしまった。

少し経つとなんとか動けそうに回復してきた。

「立てっ」

背後から低い男の声が聞こえた。

小川はよろよろと立ち上がった。

「死にたくなかったら、まっすぐ歩いて小屋へ入れ」

小川はよろよろと小屋に足を踏み入れた。

室内はほこり臭くかび臭い。

「うっ」

背中をどんと押されて小川は前のめりに倒れた。

「ほら、こいつもプレゼントだ」

両脚にレッグカフ（足錠）が掛けられた。
「スマホはもらっとくよ」
男は小川の活動服のポケットをまさぐってスマホを奪った。
小屋の引き戸が閉められる音が響いた。
「明日《あした》の夜にはここを引き払う。そのときに小屋にも火を掛けるからな」
脅しつけるような声で男は言った後で、さもおもしろそうに高笑いした。
男が立ち去る。
（なんとか逃げ出さないと）
だが、手錠を外そうとしても手が痛むだけだった。
ましてやレッグカフはとても外せそうにない。
絶望が小川を襲った。
コジュケイの鳴き声がさっきより近く、小屋のすぐ後ろで聞こえた。

【3】　@二〇二一年一月七日（木）

朝の捜査会議で松平県警本部長が、ワダヨシモリに対して謝罪をすることが発表された。

もちろんサクラテレビによる生中継も行う。

神奈川県警として、いや日本警察として前代未聞である。

松平本部長は「県民の安全のためにはどんな屈辱にも耐える」と言っているそうである。

だが、人的被害が出ないうちに犯人のワダヨシモリが検挙されれば、松平本部長のこの決断は賞賛されることになるだろう。

よく考えてみれば、今回の県警の対応は世間から見て非難すべき理由はなにもないのかもしれない。警察は市民を守るためなら、どんな忍耐もするという事実を示しているのだ。それはけっして不名誉なことではあるまい。市民のための警察を具現化していることなのだから。

夏希は織田の見解を聞いてみたかったが、織田や黒田刑事部長は今朝は顔を出していなかった。

捜査会議が終わると、夏希のところに佐竹が寄ってきた。

「小川が行方不明なんだ」

佐竹は眉間《みけん》に深い縦じわを寄せて言った。

「え……行方不明ってどういうことなんですか」

出勤してないということなのだろうか。

「職務遂行中に連絡が取れなくなったんだ」

夏希は背中に冷水を浴びせられたような気分になった。

「く、詳しく教えてください」

舌をもつれさせて夏希は訊《き》いた。

「昨日の夕方に長谷交番に駐めておいた鑑識バンにアリシアと一緒に乗り込むところまでは、地域課員が確認している。だが、その後の足取りがつかめない。鑑識バンは極楽寺駅近くのタイムズで発見された。所轄地域課が極楽寺駅周辺部を捜索しているんだが、いまのところ発見できずにいる。地域課員は聞き込みは専門じゃないし、通常業務があるからそれほどの人数を割けるわけじゃない。刑事課員は全員こっちの捜査本部に引っ張ってしまっているからな」

佐竹は暗い顔で言った。

「アリシアも一緒なんですね」

夏希が念を押すと、佐竹は静かにうなずいた。

「今回の事件との関連もあるかもしれない」

「犯人に捕まっているというようなことも……」

夏希は自分が口から出した言葉に戦慄《せんりつ》した。

小川とアリシアという自分にとって大切な存在が、危機にさらされているかもしれないのだ。

「わたしもそれをいちばん恐れている。なぜ小川とアリシアが狙われたのかはわからないが」

佐竹は管理官席へと戻っていった。

夏希は小早川と相談してワダヨシモリにメッセージを入れることにした。

だが、捨てアドだとしたら相手がこれを読むかはわからない。


――ワダヨシモリさんへ。わたしの仲間が行方不明です。なにか知っていませんか？

もし知っていることがあったら教えてください。


だが、いくら待っても返信はなかった。

いままでと同じように、今日の松平本部長の謝罪が終わったらメッセージを送ってくるのかもしれない。

夏希はこころここにあらずといった状態だった。

小川とアリシア、どちらに危険が生じても堪えられないだろう。

なにも考えることができず、無為にＰＣの画面を眺めている時間が続いていた。

仕出し弁当の昼食もほとんどのどを通らなかった。

二時近くになって小早川が早足でやってきた。

「真田さん、アリシアらしい犬が極楽寺駅にいるそうです」

夏希は我が耳を疑った。

「本当ですか」

「はい、鎌倉市民からの通報です」

「すぐに行きます」

夏希は叫び声を上げた。

「では、クルマを手配しますね」

小早川が立ち去ってしばらくすると、連絡要員がやってきてクルマの用意ができたことを告げた。

夏希は弾む心を抑えてエレベーターで一階に下りた。

車寄せに停まっていたのは地味なシルバーメタリックのセダン。石田の覆面パトだった。

「真田先輩、早く早く」

運転席の窓から石田に急《せ》かされて夏希は後部座席にすべり込んだ。

「真田さん、大変なことになっちゃいましたね」

沙羅が助手席から声を掛けてきた。

「ええ、でもまずはアリシアの無事を確認しないと」

「そうですね、極楽寺駅にいるの、きっとアリシアちゃんですよ」

沙羅の言葉が真実であってくれることを夏希は祈った。

石田はサイレンを鳴らし、赤色回転灯をまわして緊急走行モードで若宮大路へと滑り出た。

「海岸出ちゃいますね」

覆面パトは一の鳥居から滑川《なめりがわ》交差点の方向に進み、海沿いの国道134号線を西に走って坂ノ下から極楽寺坂へと入った。

桜橋への分岐を過ぎると、極楽寺駅まではけっこうきつい下り坂になっている。

石田はサイレンと回転灯を切った。

あっという間に極楽寺駅の屋根付きプラットホームが見えてきた。かつて福島一課長と一緒に現場観察に行った仏法寺跡へ続く階段が始まっている分岐点を過ぎた。

右手に極楽寺駅の駅舎が見えた。

レトロかわいい駅舎の建物は石畳と四段ばかりの石段の上に鎮座している。

石段の左手にはもとの出札窓口らしき板で覆われた窓がある。

その前に……黒い影がちんまりと座っている。

「停めてっ」

夏希は大きな声で叫んだ。

石田が覆面パトを停めると、夏希はよろけそうになりながらドアから飛び出した。

「アリシアーっ」

ぬいぐるみのようだったアリシアが激しく尻尾《しっぽ》を振り始めた。

たまらずに夏希は道路の向こう側へ走ろうとした。

クラクションの音が派手に響き、驚いて身体を止めた。

「バカヤローっ」

老人が運転する軽トラがびゅんと通り過ぎていった。

左右を確認してから夏希は道路を渡った。

「アリシアっ」

夏希は石段をひとつ飛ばしで駆け上った。

アリシアがだっと飛びついてきた。

夏希はアリシアの首に手をまわして抱き寄せた。

「よかった。アリシア。ほんとうによかった」

目もとが熱くなった。

アリシアは夏希の首筋に鼻をこすりつけてきた。

ぬくもりがじんわりと伝わってくる。

夏希はしばらくアリシアを抱きしめていた。

「ね、小川さんはどこなの？」

身体を離して夏希は訊いた。

「くううん」

どこか悲しげな鳴き声が響いた。

アリシアの黒い瞳《ひとみ》が夏希をじっと見つめている。

「やっぱりアリシアちゃんでしたね」

沙羅が背中から声を掛けてきた。

「そう、アリシアは無事だったよ」

だが、アリシアと出会えた喜び以上に小川が心配だった。

いきなりアリシアが道路へと歩み出た。

夏希はあわててハーネスを握った。

路面の臭いを嗅《か》ぎながらアリシアは桜橋のほうへと坂道を上り始めた。

夏希の胸の鼓動は高まった。

きっとアリシアが小川の居場所に案内してくれるに違いない。

「わたし石田さんに連絡してきます」

沙羅の声が背中から聞こえた。

「お願い。わたしアリシアと一緒に小川さんを捜す」

背中で夏希は答えた。

坂を上り終えると、アリシアは桜橋へと曲がった。

しばらく進むと右側に満車になっているタイムズと中華料理屋が見えてきた。

この中華料理屋はジュード事件のときに加藤が連れて来てくれた店である。

「あ、アリシアちゃんだ」

ひとりの女の子が近づいてきた。

夏希は驚いて立ち止まった。

「ね、アリシアのこと知ってるの？」

鼓動を抑えて夏希は訊《き》いた。

「うん、昨日ね。マユラちゃんと遊んでてね、ここでアリシアちゃんと警察の人に会ったんだ」

「そうなの。警察の人、どっちに行ったか知ってる？」

「学校のほう」

遠くに見えている渡り廊下を女の子は指さした。

「その後は？」

「知らない。わたし学校の校庭にいたから」

女の子は首を横に振った。

「ありがとうね」

「ううん、アリシア、バイバイ」

そのまま女の子は右に折れる道へと走り去った。

アリシアはまっすぐ学校を目指して進んでゆく。

夏希はアリシアが指示する方向へと歩き続けた。

かなり歩いて月影地蔵と刻まれた石柱のあるところまで来た。

背後から沙羅が息せき切って走ってきた。

「遅くなりました。石田さん、クルマ駐《と》めるとこ探してます」

「タイムズ満車だったもんね」

「ええ、このあたり路駐できるような場所がないって言ってました」

ちょっと振り返って「くうん」と鳴いたアリシアは、左の細い坂道へと入ってゆく。

「なんでアリシアは極楽寺駅にいたんでしょうね」

民家の間を歩きながら沙羅が訊いてきた。

「たぶん小川さんとはぐれたんだよ。だから、人の集まる駅で誰かが来るのを待ってたんだと思う。そんな犬の話をどこかで聞いたことがある」

夏希は確信していた。アリシアは自分たちが見つけてくれるのを待っていたに違いない。

犬の嗅覚《きゅうかく》は人間の三千倍から一万倍と言われる。脂肪酸等の特定の臭いでは一〇〇万倍とさえ言われている。だが、距離的には数メートルが限界である。

移動にクルマを使ってしまうと、その間のルートはわからなくなってしまう。だからアリシアも自分の力で鎌倉署には戻れなかったのだ。

やがて墓地が現れた。

「なんだかすごいところだね」

「森がうっそうとしていて怖いくらいですね」

墓地を過ぎると、左手に石段に続く赤さびた門扉が現れた。

門の前で止まったアリシアは、じっと石段の上を眺めている。

「どうしたの？　アリシア」

夏希が声を掛けるとアリシアは石段の上に向かって「うわんっ」とひと声吠《ほ》えた。

「この上に小川さんがいるの？」

重ねて問うと、アリシアは振り返って「くうーん」と鳴いた。

門扉は開いている。

「行ってみましょ」

夏希は石段へと足を踏み入れた。

だが、アリシアは動かない。

「おかしいね、アリシア止まっちゃった」

「石田さんを待ってましょうよ」

沙羅は眉間《みけん》にしわを寄せた。

「大丈夫だよ。アリシアもいるし」

夏希は一刻も早く、石段の上を確かめたかった。

「石田さんに連絡入れますね」

沙羅はスマホを取り出してメッセージを打ち始めた。

「ありがとう、ね、携帯の番号交換してなかったね」

「あ、じゃあスマホ出して下さい」

夏希たちは番号を交換した。

「さ、じゃ、ここ上ろう」

自分を励ますよう夏希は声に力を込めた。

「でも……」

沙羅はとまどっている。

「さ、行こう。アリシア」

夏希が背中をなでると、アリシアは先に立って石段を上り始めた。

石段の尽きたところまで来ると古びた民家が現れた。

アリシアはふたたび動かなくなった。

「ここで待機していませんか」

ふたたび沙羅が不安な表情を浮かべた。

「でも、小川さんが怪我でもしていたら放ってはおけない」

夏希はいても立ってもいられない気持ちだった。

「すみませーん」

民家の玄関の前に立って夏希は叫んだ。

返事はなかった。

「誰かいませんかぁ」

重ねて夏希は叫んだ。

そのときだった。

玄関左手に立っていた目隠しの板塀の蔭《かげ》から黒い影が飛び出した。

影はアリシアに向かって長い棒のようなものを突き出した。

バチバチと激しい音が響いた。

アリシアは「ぎゃおん」と悲鳴を上げてすさまじいスピードで逃げ出した。

「なんてことするのっ」

夏希は怒りの言葉をぶつけた。

影はスケキヨの白いゴムマスクをかぶった中肉中背の男だった。

スケキヨは長い棒を沙羅に向けた。

「やめなさいっ」

沙羅が激しい声で制止した。

ふたたびバチバチと嫌な音が響いた。

「いやぁっ」

沙羅が地面に転がった。

スケキヨは棒を放り出した。

と思うや、夏希の首筋に冷たいものが押し当てられた。

「きゃあっ」

夏希は叫び声を上げた。

「おとなしくしろ。ナイフをちょっと引くだけであんたは死ぬ」

スケキヨの低い声が響いた。
「わ、わかった……殺さないで」
歯の根も合わない夏希はかすれた声を出した。
スケキヨはそのまま夏希を玄関のなかに引きずり込んで扉を閉めた。
ガチャリと内鍵《うちかぎ》の閉まる音が響いた。
「さぁ、奥の納戸まで歩いてもらおうか」
低い声で脅しつけながら、スケキヨは夏希の背後に立った。
背中がチクッと痛む。
ナイフの先を夏希の背中に突き立てているのだ。
どこかでぼんやりと灯りが点《つ》いているが、室内は全体に薄暗かった。
どうやらすべての雨戸が閉まっているらしい。
古い民家特有の臭いとほこりっぽさが漂っている。
「まっすぐ歩いた廊下の突き当たりだ。なかに入れ」
背中からスケキヨの声が響く。
灯りは納戸に置いてあるらしい。白っぽい光はＬＥＤなのだろう。
夏希は納戸に足を踏み入れた。
四畳ほどのスペースがあって、納戸という言葉に違《たが》わず窓がなかった。
がらんとしていて大きな荷物は置いてなかった。

部屋の中央には木製の折りたたみテーブルが置いてあってLEDのランタンが光っていた。

テーブルの上には起《た》ち上がっているノートPCやタブレット、ペットボトルなどが散在していた。

二脚の折りたたみ椅子がかたわらにあった。

「椅子に座れ」

スケキヨの言葉に従って夏希は片方の椅子に座った。

「両腕を突き出せ」

仕方なく出した両腕にガチャリと手錠が掛けられた。

冷たい感触が不快だった。

スケキヨはテーブルをはさんで向こう側に座った。

「もういいだろう……」

独り言のようにスケキヨはつぶやくと、ゴムマスクを外した。

三〇代後半くらいの細面で、イケメンというのではないが、鼻筋が通って端整な容貌《ようぼう》だった。

もちろん知らない顔だった。

切れ長の目には知的な光が宿っている。

いままで感じていた粗暴な雰囲気はなりをひそめて、育ちのよさそうなジェントルな男に見える。行動とはちぐはぐだった。

「ようこそ、かもめ★百合さん」

男は唇を歪《ゆが》めて笑った。

薄い唇にどこか酷薄な雰囲気が漂った。

無理に低い声を出していたのだろう。

中音で通りのよい声だった。

「ワダヨシモリさん？」

ほかに答えはないはずだが、夏希は念を押してみた。

「リアルでは、はじめまして」

ワダヨシモリは右目をつむった。

「はじめまして」

夏希はオウム返しに答えた。

この男がなにを考えているのか、自分をどうしようとしているのかまるでわからなかった。

「思ってたよりずっと美人だね。なんて言うとセクハラになっちゃうんだね。でも本当だよ。ステージの過剰なメイクよりナチュラルないまの装いのほうがずっと素敵だ」

ワダヨシモリはいきなりお世辞を言ってきた。

夏希のことを見たと言っていたのはやはり嘘だったのだ。

「それはどうも」

夏希は素っ気なく答えるしかなかった。

「あと二〇分くらいで一六時だ。僕と一緒にステージを楽しみましょう」

ふたたびワダヨシモリは酷薄な笑みを浮かべた。

「その前に教えてください」

夏希は気負い込んで言った。

「はい、なんでしょうか」

「小川さん……ここへ来た警察犬係の男性警察官はどこにいるんですか？」

「へぇ、あいつがキミの彼なの？」

ワダヨシモリは鼻の先にしわを寄せて笑った。

「違います。ですが大事な友人です」

夏希はきっぱりと言い切った。

「そうか、婚活中だったもんね。くっくっくっ」

ワダヨシモリの笑い声はカンに障った。

「どこにいるのか教えてください」

夏希は急《せ》き込んで尋ねた。

「庭の物置小屋にいるよ」

つまらなそうにワダヨシモリは答えた。

「無事なんですか」

「生きてるよ」

「怪我してませんか」

「ああ……手枷《てかせ》足枷してあるだけだ」

「よかった」

ホッとした。夏希の全身から一瞬力が抜けた。

「そうねぇ、あの男には興味ないからね。ただ、僕の計画に邪魔だから隔離してあるだけだ」

「あなたの計画って？」

「まずは今夜のステージだよ。神奈川県警本部長がテレビカメラの前で僕に向かって土下座するんだぜ。しかもそのようすは全国に放映されるんだ。前代未聞のステージじゃないか。いま僕がどんなに嬉《うれ》しいか。全身を喜びが駆け巡ってるよ」

ワダヨシモリは声を立てて笑った。

「神奈川県警に恨みがあるのね」

夏希は静かな声音で尋ねた。

「あるさ……深い深い、深ーい恨みがね」

急に表情が変わった。陰惨な暗い顔だった。

「わたしに話してくれませんか」

ワダヨシモリの目を見つめて夏希は言った。

「こうなった以上、聞いてもらいますか。でも、その前にかもめ★百合ちゃんの足もとにあるもの見てくれるかな」

ワダヨシモリは唇を歪めて笑った。

足もとにはミニPCのような四角い黒い箱が置いてあった。

「なんですか？　これ？」

「ねぇ、神奈川県警一の頭脳ってその程度なの？　僕は連続爆破犯人。つまり爆弾魔だよ」

「ば、爆弾……」

夏希の声は震えた。

「そいつはねぇ、いままで三回の爆破に使ったようなチャチなものじゃないんだ。まぁこの建物も物置小屋もかるく吹っ飛ぶね」

さも嬉しそうにワダヨシモリはうそぶいた。

「なんのために……」

夏希は呼吸を整えて言葉を継いだ。

「なんのためにこんなものを用意しているんですか」

「人生を終わりにしたいからね。そろそろ」

「そんな……もったいないじゃないですか」

「なにがもったいないんだよ？」

「あなたはとても優秀な頭脳を持っているでしょ。ルックスだって悪くない」

「そりゃどうも」

少しも嬉しくなさそうな声だった。

「たくさんのことに恵まれているあなたがどうしてそんな自暴自棄な発想になるのか、わたしにはわからない」

「恵まれてるだって！」

ワダヨシモリは叫び声を上げた。

「そう思う。世の中はもっと恵まれてない人だらけですよ」

「あんたなんにも知らないんだ」

「知りません、だから聞きたいです」

「ああ、話すよ。その前に邪魔が入るといけない。あんたの電話で仲間に伝えてくれないかな。この建物に入って来たら、その瞬間に爆弾のスイッチを入れるってね。メガホンなんかで叫んでもドカンだ。パトカーのサイレンも鳴らすな。しばらくは静かにしてろって伝えるんだ」

決して脅しでないことは、ワダヨシモリの表情を見ていればわかる。

「わかりました。でもこの手じゃ電話掛けられないですよ」

夏希は両手をちょっと上げて掲げてみせた。

「片っぽだけ外してやるよ。利き手はどっちだ？」

「右も左も使えます」

小さい頃から両手で文字が書ける。

「そうなのか。僕と同じだな」

ワダヨシモリは左手の手錠を外した。

誰に掛けようかと一瞬迷ったが、いまいちばん心配な沙羅に掛けることにした。

小川の電話はどうせこの男が取り上げているはずだ。

夏希は左手で上着の内ポケットをまさぐり、スマホを取り出した。

右手に手錠をされていてもスマホを持つことはできる。

左手で沙羅の番号を探してタップした。

「真田さんっ、大丈夫ですか」

コール二回で沙羅の焦った声が耳もとで響いた。

よかった。沙羅は無事だ。

「生きてるよ。沙羅さんは大丈夫？」

「スタンガンでやられました。でも、痺《しび》れはとれました。アリシアちゃんも元気です。

くうんって淋《さび》しそうに鳴いてます。わたしたちいま建物の外にいます。石田さんも一緒です。応援呼びましたんで待ってて下さい。怪我してませんか？」

「わたしなら平気、手錠掛けられてるけど、ワダヨシモリさんは意外とジェントルな人だよ。大事なこと言うね。ここに爆弾があるの。誰かがドアを蹴破《けやぶ》ったり建物内に入ろうとしたら、その瞬間に爆発させるって言ってる。絶対に入ってこないで」

「わかりました」

引きつった沙羅の声だった。

「メガホンなんかもNG、パトカーのサイレンもやめて。爆発するから」

「は、はい。静けさを保つようにと伝えます」

「あともうひとつ大事なこと。小川さんは物置のなかにいるから救出して」

「了解です」

沙羅がふうっと息を吐く音が聞こえた。

「もういいんじゃないか」

ワダヨシモリはいくぶん尖《とが》った声を出した。

あわてて電話を切って、夏希はスマホを内ポケットに入れた。

「左手出して」

命令に従って夏希は素直に左手を突き出した。

ワダヨシモリはふたたび夏希の両腕を拘束した。

「それじゃ聞かせてくださる？」

夏希はゆったりとした声を出すようにつとめた。

「僕の人生をめちゃくちゃにしたのは神奈川県警だ」

　ワダヨシモリは吐き捨てるように言った。

「どんなことがあったの？」

「冤罪《えんざい》だよ」

　暗い声でワダヨシモリは言った。

「ワダヨシモリさんは濡《ぬ》れ衣《ぎぬ》を着せられたのね」

「もう本当の名前を名乗ってもいいだろう。僕の名前は稲田《いなだ》大介《だいすけ》というんだ」

「稲田さんね、よろしく」

「僕は小さい頃からひとつのことに打ち込むと徹底的に調べたり勉強したりしないと気が済まない性質《たち》だった。だから、勉強は得意だった。両親は中学の教員夫婦だったけど、そんな僕に期待していた。実家は豊かと言うほどではないけど、経済的には恵まれていた。なので、まずは東京工業大学で工学系の修士課程まで進んで電子工学を学んだ」

「優秀な国立大学ね」

　やはり稲田は高い教育を受けていた。

　電子工学専攻なら、携帯電話網を使った起爆装置を作れても不思議ではない。

「だけど、ここで育ったから、歴史にも興味があった」

「ここはあなたの家だったの」

　夏希は驚きの声を上げた。

「実家さ。もともとは父方の祖父《じい》さんが買った家だ。僕はずっと由比ヶ浜にアパートを借りて住んでいる。一〇年前に両親が交通事故でいっぺんに死んでからは空き家同然になっている」

「ご両親さまお気の毒に」

「もうむかしのことさ。東工大の院を修了してから、日本の中世史を学びたくて東大大学院の修士課程に入り直した。鎌倉育ちだから中世の日本に興味があったんだ。だけど、博士号をとったところでなかなか大学の教員にはなれない。経済的な事情もあって、僕は修士号をとったところで博士課程に進むことをあきらめた」

淋しそうに稲田は言った。

夏希は神経学の博士だが、理系では比較的取りやすい博士号も、人文・社会科学系ではほとんど取れないことは知っていた。

「結局、最後の院を出たときには三〇歳になっていた。職探しには苦労したよ。だけど、学芸員資格は取っていたから親父の知り合いが館長を務めている鎌倉仏教美術館の学芸員になれた。給料は安いけど、この仕事は気に入っていた。資料収集や調査研究がメインだからね。僕は凝り性でコミュ障のところがあるから学芸員は向いていたんだ。ところが……」

稲田の表情がいちだんと暗くなった。

「なにがあったの？」

夏希はつばを飲み込んだ。

「五年前のことだ。その日は東京で学芸員の集まりがあって僕はだいぶ飲んでいた。鎌倉駅に着いたのは夜の一一時頃だったな。僕は鎌倉駅近くの駐輪場に駐めてあった自転車に乗って家への道を急いでいた。ところが、和田塚駅の南側で張っていたおまわりに呼び止められた。おまわりは自転車の登録番号を調べて盗難自転車だって言うんだ。冗談じゃない。自分の自転車だって言い張ったさ。そしたら、パトカーに連れて行かれて現行犯逮捕さ。刑事に厳しく取り調べられた。取調でも盗んだ覚えなんてないって主張した。だが、駐輪場の防犯カメラが証拠だって言うんだ。身に覚えがないから、ずっと否認続けたさ。そしたら二日目は横浜地検の検事のところに連れてかれて、三日目は横浜地裁さ」

「勾留《こうりゅう》申請の手続ね」

稲田が否認を続けたから、鎌倉署でも確実に起訴まで持っていくつもりだったに違いない。

「で、僕は馬鹿だからやっと気づいたんだ。近くに駐まっていた他人の自転車に間違えて乗って帰っちゃったんじゃないかってね。僕の自転車はどこにでもあるふつうの黒いママチャリだし、かなり酔ってたから鍵《かぎ》が掛かってなかったことも不思議に思わなかったんだ。それで四日目に刑事に間違いだって主張していた。刑事は鼻で笑っていたんだが、俺が土下座したら証拠品として押収されていた自転車を見せてくれた。よく似てるが僕の自転車じゃない。それで、僕が駐めていた駐輪場にも連れて行ってくれと頼んだ。

そしたら、駐めてあったよ。僕の自転車が。登録番号を調べてもらって、勘違いだということがはっきりしてようやく無罪放免となった」

「よかった。冤罪は晴れたのね」

「だけどね、一度逮捕された人間がどうなるか知ってるか？」

食って掛かるような稲田の口調だった。

「わたし逮捕する立場じゃないから……」

言い訳めいた言葉を夏希は口にしてしまった。

「人生、詰むんだよ。僕は鎌倉仏教美術館をクビになった。それだけじゃない……」

「でも、逮捕だけじゃ前科にはならないでしょ」

「たしかに制度的にはなんのペナルティもない。だけどね、社会的にはたくさんのペナルティを科せられるんだよっ」

稲田はつばを飛ばした。

「三五歳で学芸員をクビになった人間を雇ってくれるまともな会社なんてどこにも存在しないんだ。僕は三ヶ月ばかり足を棒にして職探しした。ハローワークにも通った。だけど、正規の仕事なんてひとつもないんだ。その後は非正規の嫌な仕事ばかり転々とする羽目になったよ」

「どんな仕事が嫌だったの？」

「話したくないよ。給料は半分以下になったし、すべてが僕には合わなかった」

「大変だったのね」

夏希には掛けるべき言葉が見つからなかった。

「もうひとつ。好きだった女の子にもフラれた。歴史好きで学芸員時代によく遊びに来てくれてた大学生さ。その子と話すのがいちばんの楽しみだったんだ。だけど、クビになった後、街で偶然会ったときに声掛けても無視された。きっと僕が自転車ドロボウだと勘違いしてるんだ。学芸員資格を持っているだけで僕にはなにもない。なにもできない。僕のことを世間の誰もが認めてくれないんだ」

稲田の声はなかば泣いているようでもあった。

「そんなことないと思うけど」

稲田は自己を過小評価しすぎだ。修士号をふたつも取るほど勉強したのだ。彼の能力を認める人は必ずいるはずだ。

「おまけに、ここ半年はまともな非正規の仕事すら見つからない。学芸員時代の貯金を取り崩して生きてきた。だけど、このままいったら三ヶ月先にはアパートの家賃も払えなくなる。もうどん詰まりさ。だから、残っている金をかき集めて最後のステージをプロデュースすることにした。そのために必要なすべての知識をネットからインプットした」

稲田は誇らしげに胸を張った。

不思議なことに、目の前で告白を続ける稲田から《反社会性パーソナリティ障害》の傾向はまったく感じられなかった。

「それが今回の一連の事件だったのね」

「そうさ、準備には半年も掛けたんだ。僕はようやく歴史に自分の名を残せる。日本の警察を歌わせ、踊らせ、県警トップに土下座させた男としてね」

「悪い名前でも残したいの？」

夏希には不思議なことだった。

「恵まれた環境にいるあなたにはわからないんだっ。自分が生まれてきたことの意味、生きていることの意味。そんなことを感じられない人生がどんなに虚《むな》しいものなのか。夜、ひとりで部屋にいると、自分がドブに浮かんだ泡のように思えてくるんだ。でも、もう違う。今回のステージは全国に生中継された。ステージを創り出したのはこの僕の頭脳なんだ。わかるか。僕は何でもない存在じゃない。誰とも違う存在なんだ」

稲田は宣言するように高らかな声を上げた。

皮肉な話だが、今回の一連の犯行が稲田の頭脳の優秀さを証明していることは事実だ。たくさんの捜査員たちが必死で動き回ったにもかかわらず、一週間の間、稲田は尻尾《しっぽ》を出さなかった。軽微な事件で、起訴されていないのだから、事件から五年経てばすべての関係書類は破棄される。鎌倉署に恨みを持つ者を探している鑑取り班が稲田に辿《たど》り着けなかったわけである。

ここを見つけたのはアリシアだ。捜査員たちはひとりとしてアプローチできなかった。

「爆弾は前もって埋めておいたのね」

夏希は問いを重ねた。

「三つの爆破現場は学芸員時代に熟知していた場所だ。防犯カメラの設置されていないルートでアプローチすることは容易だったし、いつ頃なら人気《ひとけ》がないかもわかってた。だから、爆弾を埋設することは難しくなかった」

「北条義時法華堂跡、東勝寺跡、長楽寺跡って寺院の跡地ばかりで爆発を起こしたのは被害を大きくしたくなかったからなのね」

「それももちろんあるよ」

「わたしはあなたが、自分の恨みを、滅ぼされた和田氏や北条氏に重ね合わせているように感じていたんです」

夏希の言葉に稲田は小さくうなずいた。

「さすがは優秀な心理分析官だね。そういう気持ちもあったかもしれない。だけどね、無性に好きなんだよ。ああした『つわものどもが夢の跡』って場所がね。廃墟《はいきょ》マニアと近い心理かもしれない。どんなに栄華を誇っても時間が経てば、人間の生きてきた証《あかし》なんて所詮《しょせん》は虚しくなってしまうって事実に救われる気がするんだよ」

稲田の声音は淋《さび》しそうだった。

やはり、この男の心は深く傷ついているのだ。

「なぜ、お正月を狙ったの？」

「簡単な話だ。日本国民の多くが仕事を休んでいる。生中継すればみんなが見るじゃないか。サクラテレビには感謝してもらいたいくらいだ。ずいぶん視聴率を稼げただろう」

稲田はのどの奥で笑った。

「喋《しゃべ》りすぎたかな。まぁいいや、どうせ今夜限りだ」

つぶやくように稲田は言った。

「今夜限りって？」

夏希の胸に嫌な予感が走った。

「いや、別に……それよりもう始まるよ」

稲田はテーブルの上に置いたパソコンのタッチパッドを操作した。

「そっち側に行ってもいいですか？　座っていると画面が見えないんです」

「もちろんだよ。この最高のステージをあなたにも見てもらいたいからね」

弾んだ声で稲田は言った。

ＰＣにはチューナーが内蔵されているらしく、ディスプレイにはサクラテレビが映し出された。

画面には制服姿の松平本部長が三の鳥居を潜って源平池を渡る背中が映っている。

ナレーションはなかった。「神奈川県警察　松平家由本部長」と白いテロップが浮かんでいる。いままでの三回とはまったく違ったカメラワークだ。

カメラが切り替わった。

ヘリコプターを飛ばしているらしく、黒い衣冠を身につけた宮司に先導されて参道の砂利を進む松平本部長を上空からロングショットで撮影している。

こうしたカメラワークも稲田ならサクラテレビ側に指示するかもしれない。

ふたたびカメラが切り替わり、若宮広場の南側からミドルショットとなった。

「なんだか、退屈な撮り方だな。ニカ動の生中継を見るか」

稲田はテーブルからタブレットを手に取った。

両手でディスプレイの下部を持って顔から一五センチくらいの位置で保持した。

夏希からはタブレットの画面はよく見えない。

隣の稲田の表情を盗み見た。

言葉とは裏腹に、あまりにも真剣な顔つきだ。

このステージのプロデューサーの見せる表情としてはどこかそぐわない気がした。

稲田の目的は本当に土下座だけなのだろうか。

なぜか夏希は不安を感じ始めた。

サクラテレビの映像は、向拝に近づく松平本部長を映し出していた。

なぜ、稲田はマス・メディア以外のドローンの撮影を許し続けたのか……。

ネットでの評判や拡散を狙ったものとしか思っていなかったが、別の理由があるのではないか。

相変わらず稲田は真剣だ。

あんなに饒舌《じょうぜつ》だった稲田が口をつぐんで睨《にら》むように画面に見入っている。

夏希の脳裏でなにかが弾《はじ》けた。

テレビは松平本部長が夏希の歌った位置近くに立ったところを映し出している。

まさか……ここで爆発を起こす気なのではないだろうか。

自分の名を後世に残すために。

稲田は今夜、すべての演出を終えて死ぬ気なのではないか。

しかし、鶴岡八幡宮境内の捜索は完璧《かんぺき》なはずだ。

そうだ、ドローンだ。稲田はドローンを使うつもりなのだ。

ドローンはノンチェックだ。爆弾を積まれていてもわからない。

そのタブレットはニカ動を映しているのではない。稲田が操縦しているドローンに積載されたカメラから送られる映像を映しているのだ。

この場所はたぶん鶴岡八幡宮から三キロくらいは離れているだろう。しかし、Wi-Fiを使わず本格的な送信機を使えば四キロは届くと小早川は言っていた。

あのタブレットはモニターとコントローラーに過ぎず、本格的な送信機はこの建物のどこかにあるのかもしれない。

夏希は自分の背中に汗が流れ落ちるのを感じた。

連絡はできない。松平本部長が舞殿に上がってしまったいまとなっては、誰に連絡しても間に合わない。

失敗したら、その瞬間に松平本部長のすぐ近くでドカンだ。

さらにこのテーブルの下の爆弾を爆発させるかもしれない。

しかし、それはないかもしれない。あのタブレットがBluetoothかなにかでプロポという送信機につながっているとしたら、いっぺんにこの部屋の爆弾を起爆させることは不可能なはずだ。

手をこまねいているわけにはいかない。

ここは一か八かの勝負だ。

だが、やるしかない。

額に汗がにじみ出る。

夏希はタブレットを凝視している稲田の左頬桁《ほおげた》を左右の腕の手錠で思い切りはたいた。

「ぐわっ」

椅子が転がる音が響いた。

稲田はタブレットを放り出して床に倒れ伏した。

夏希は稲田の右の掌《てのひら》をヒールの底で思い切り踏んづけてゴリゴリとよじった。

「うぎゃああっ」

稲田は絶叫した。

間髪を容《い》れず左の掌にヒール攻撃を食らわす。

「ぐわわわあっ」

　ふたたび稲田は激しく叫んだ。

　最後に夏希は床のタブレットにも攻撃を加えた。

　グジャッというガラスの割れる音が響いた。

　夏希は自分のスマホを取り出して沙羅に電話を掛けた。

「沙羅さん、家のなかに入って来てっ」

　大きな声で夏希は指示した。

「了解っ」

　沙羅の弾んだ声が返ってきた。

「ふざけたマネをしやがって」

　目を吊《つ》り上げた稲田はナイフを構えた。

　ランタンの灯りに刃先がギラリと光って夏希の目を射た。

　夏希の身体は板のようにこわばった。

「や、やめて……」

　夏希はかすれた声を出した。

「あんたは僕の最後の望みをぶち壊した……」

　両目に暗い光を宿して稲田はナイフを振りかぶった。

　ブレードの反射がギラリと夏希の目を射た。

だが、次の瞬間、廊下で慌ただしい足音が響いた。

ドアを叩《たた》き破って大柄な男たちが押し寄せた。

誰もが大ぶりのオートマチック拳銃《けんじゅう》の銃口を稲田に向けている。

輝く白光は銃身の下に組み込まれたライトが放つものだった。

たしかベレッタM92バーテックという速射性にすぐれた拳銃だ。

SISだ。県警刑事部捜査一課特殊捜査一係が駆けつけてくれたのだ。

濃紺のアサルトスーツに身を包み、耐刃防護仕様の黒いタクティカルベストを身につけた五名の捜査員だった。膝《ひざ》にはニーパッドを装着している。

「動くなっ」

隊員のひとりが大音声に叫んだ。

声に聞き覚えがある。たぶん四班の副班長青木《あおき》巡査部長だ。

稲田は両目を見開き、身体をガチガチに硬直させた。

「う、撃たないでくれ」

弱々しい震え声が響いた。

「ナイフを床に捨てろ」

青木副隊長はつよい調子で命じた。

金属が床に転がる音が響いた。

「確保っ」

青木副隊長が叫ぶ。

ふたりのＳＩＳ隊員が素早く稲田に襲いかかった。

「痛てて っ」

稲田はしゃがみ込む恰好で後ろ手をねじり上げられた。

手錠の掛かるガチャリという音が響いた。

夏希の全身から力が抜けた。

「さ、立つんだ」

青木副隊長の言葉に、稲田はよろよろと立ち上がった。

「先輩、心配しましたよ」

ＳＩＳの背後からスーツ姿の石田が現れた。

「ありがとう。心配掛けたね」

夏希はへたり込みそうになる自分を必死で支えた。

誰も傷つかなかったことが、夏希には嬉しかった。

夏希は稲田にひと言ぶつけてやりたくなった。

「稲田さんっ」

「え？」

ぼんやりとした顔つきで稲田が夏希を見た。

「取調室ではあなたに歌ってもらうからね」

稲田は両目をパチパチと瞬《しばた》いた。

「さぁ、一緒に来てもらおうか」

石田が稲田の肩に手を掛けた。

脱力したように稲田はうなずいたが、その場に沙羅がいることに気づいてハッとした顔になった。

「小堀さん、さっきはすみませんでした。痛くなかったですか」

稲田がいきなり沙羅の名を呼んで頭を下げた。

「失礼ですが……どこかでお目に掛かりましたか？」

驚きの表情で沙羅は訊《き》いた。

夏希も稲田の顔をまじまじと見た。

「鎌倉仏教美術館の稲田です」

うっすらと頰を染めて稲田は答えた。

「ああ、あの学芸員さんですね」

沙羅は名前を訊いて思い出したようだった。

「ええ、よく鎌倉の話を聞いてくださって嬉《うれ》しかったです」

「学生時代にはお世話になりました」

困ったような顔で、沙羅は丁寧に頭を下げた。

「ああ、僕の顔をお見忘れでしたか」

ほっとしたような稲田の声だった。

「ごめんなさい……お話を伺ったことは覚えているんですけど……」

稲田が好きだった女の子は沙羅だったのか。だが、沙羅は稲田の顔を覚えていなかったのだ。

夏希は言葉を失った。

この場にそぐわない会話に、まわりの者は誰もがどう反応していいかわからないようだった。

稲田は淋《さび》しそうな表情で沙羅に向かって頭を下げた。

沙羅は痛ましげに稲田を見て、かるくあごを引いた。

石田と沙羅のふたりが稲田を連行していった。その後姿はあまりにも淋しかった。

夏希は建物の外へゆっくりと歩み出た。

キャップ姿の島津《しまづ》冴美《さえみ》警部補が静かに立っていた。

屋外から隊員たちを無線で指揮していたのだ。

ＳＩＳの猛者《もさ》たちを束ねる四班の班長だ。

「真田さん、大活躍でしたね。お怪我はありませんか」

冴美は気遣わしげに訊いた。

「ありがとうございます。たいした怪我はしてませんが、この通り両手が不自由です」

夏希は両の腕を前に差し出して見せた。

「あ、小出《こいで》、被疑者を追いかけて真田さんの手錠の鍵《かぎ》を押収してきて」

「了解っ」

冴美が声を掛けると小出巡査部長が機敏に階段を下りていった。

しゅるりとアリシアが飛び出してきた。

「アリシアっ」

夏希は屈《かが》み込んでアリシアに自分の身体を寄せた。

アリシアは夏希の頬をペロリとなめた。

両手を拘束されたままなので、おでこをアリシアの額にくっつけた。

「スタンガン、怖かったね。ごめんね。つらい思いさせて」

ああいったショックはどんな犬にも厳しすぎる。ましてアリシアはカンボジアでの被爆経験でPTSD、つまり心的外傷後ストレス障害を負っている。

本当にかわいそうなことをした。

「くううん」

アリシアは甘えたような声で鳴いた。

「真田、大丈夫だったか」

小川がひょっこり姿を現した。

少し元気がないように見えるが五体満足だ。

誰かが用意したのか、紺色のジャージ姿だった。

涙が出そうだったので、夏希はあわてて問いを発した。

「小川さん、怪我はないのねっ？」

夏希は叫ぶように訊いた。

「ああ、なんとか生きてるよ」

素っ気なく小川は答えた。

「よかった……本当によかった」

全身から力が抜けた。

今度こそ、この場にへなへなと崩れ落ちてしまいそうだった。

「心配掛けちゃったな」

小川は照れたように小さく笑った。

「うん、心配した。すごく心配したよ」

夏希は自分の気持ちを素直にぶつけた。

「とんでもない正月になったな」

小川がぼそっとつぶやいた。

独り言のようでもあり、夏希に向かって言ったようにも思えた。

「でも、被害が少なくてよかったよ」

人死が出なかったのはなによりだった。

「真田さんとアリシアちゃんはわたしたちがお送りします。お疲れさまでした」

冴美がにこやかに言った。

「ありがとうございます。本当に大変なお正月でした」

夏希はのびのびとした解放感に包まれていた。

「見て。素晴らしい夕空ですよ」

沙羅の言葉に夏希たちは空を見上げた。

建物の西空が華やかなグラーデションに染まっていた。

茜《あかね》から群青への色の変化はまるで豪奢《ごうしゃ》な綾織物《あやおりもの》のようだった。

冷たい夕風が頬に心地よかった。

二〇二一年の正月が終わろうとしていた。

本作品は、書き下ろしです。
本書はフィクションであり、登場する人物・組織などすべて架空のものです。

脳《のう》科《か》学《がく》捜《そう》査《さ》官《かん》　真《さな》田《だ》夏《なつ》希《き》

ヘリテージ・グリーン

鳴《なる》神《かみ》響《きょう》一《いち》

令和4年 1月25日　初版発行

発行者●堀内大示

発行●株式会社KADOKAWA
〒102-8177　東京都千代田区富士見2-13-3
電話　0570-002-301(ナビダイヤル)

角川文庫 23004

印刷所●株式会社暁印刷
製本所●本間製本株式会社

表紙画●和田三造

●お問い合わせ
https://www.kadokawa.co.jp/（「お問い合わせ」へお進みください）
※内容によっては、お答えできない場合があります。
※サポートは日本国内のみとさせていただきます。
※Japanese text only

ISBN 978-4-04-112262-4　C0193

角川文庫発刊に際して

角川源義

第二次世界大戦の敗北は、軍事力の敗北であった以上に、私たちの若い文化力の敗退であった。私たちの文化が戦争に対して如何に無力であり、単なるあだ花に過ぎなかったかを、私たちは身を以て体験し痛感した。西洋近代文化の摂取にとって、明治以後八十年の歳月は決して短かすぎたとは言えない。にもかかわらず、近代文化の伝統を確立し、自由な批判と柔軟な良識に富む文化層として自らを形成することに私たちは失敗して来た。そしてこれは、各層への文化の普及滲透を任務とする出版人の責任でもあった。

一九四五年以来、私たちは再び振出しに戻り、第一歩から踏み出すことを余儀なくされた。これは大きな不幸ではあるが、反面、これまでの混沌・未熟・歪曲の中にあった我が国の文化に秩序と確たる基礎を齎らすためには絶好の機会でもある。角川書店は、このような祖国の文化的危機にあたり、微力をも顧みず再建の礎石たるべき抱負と決意とをもって出発したが、ここに創立以来の念願を果すべく角川文庫を発刊する。これまで刊行されたあらゆる全集叢書文庫類の長所と短所とを検討し、古今東西の不朽の典籍を、良心的編集のもとに、廉価に、そして書架にふさわしい美本として、多くのひとびとに提供しようとする。しかし私たちは徒らに百科全書的な知識のジレッタントを作ることを目的とせず、あくまで祖国の文化に秩序と再建への道を示し、この文庫を角川書店の栄ある事業として、今後永久に継続発展せしめ、学芸と教養との殿堂として大成せんことを期したい。多くの読書子の愛情ある忠言と支持とによって、この希望と抱負とを完遂せしめられんことを願う。

一九四九年五月三日

角川文庫ベストセラー

脳科学捜査官 真田夏希
パッショネイト・オレンジ
鳴神響一

鎌倉でテレビ局の敏腕アニメ・プロデューサーが殺された。犯人からの犯行声明は、彼が制作したアニメを批判するもので、どこか違和感が漂う。心理職特別捜査官の真田夏希は、捜査本部に招集されるが……。

脳科学捜査官 真田夏希
デンジャラス・ゴールド
鳴神響一

葉山にある霊園で、大学教授の一人娘が誘拐された。その娘、龍造寺ミーナは、若年ながらプログラムの天才。果たして犯人の目的は何なのか？ 指揮本部に招集された真田夏希は、ただならぬ事態に遭遇する。

脳科学捜査官 真田夏希
エキサイティング・シルバー
鳴神響一

キャリア警官の織田と上杉の同期である北条直人が失踪した。北条は公安部で、国際犯罪組織を追っていたという。北条の身を案じた2人は、秘密裏に捜査を開始するが——。シリーズ初の織田と上杉の捜査編。

脳科学捜査官 真田夏希
ストレンジ・ピンク
鳴神響一

神奈川県茅ヶ崎署管内で爆破事件が発生した。捜査本部に招集された心理職特別捜査官の真田夏希は、SNSを通じて容疑者と接触を試みるが、容疑者は正義を掲げ、連続爆破を実行していく。

軌跡
今野敏

目黒の商店街付近で起きた難解な殺人事件に、大島刑事と湯島刑事、そして心理調査官の島崎が挑む。(「老婆心」より）警察小説からアクション小説まで、文庫未収録作を厳選したオリジナル短編集。

角川文庫ベストセラー

警視庁監察室 報復のカルマ
中谷航太郎

新宿署の組織犯罪対策課の刑事・宗谷弘樹が殺害された。そして直後に、宗谷に関する内部告発が本庁の電話にあった。監察係に配属された新海真人は、宗谷関連の情報を調べることになったが――。

警視庁監察室 ヤヌスの二つの顔
中谷航太郎

警視庁監察係の新海真人は、麻薬取締官と科捜研の検査官から報告を受けた。成田空港で新たな違法ドラッグが持ち込まれたという。それは、真人の妹を死なせたドラッグと成分が酷似していた――。

刑事にだけはなりたくない 警務課広報係永瀬舞
中谷航太郎

赤羽署警務課広報係の永瀬舞は、猫を拾って仕事をさぼった翌日、自身の住むマンションの側で、殺人事件が起きていたことを知らされた。舞が昨日被害者に会っていたことから、捜査に参加することに。

スティングス 特例捜査班
矢月秀作

首都圏を中心に密造銃を使用した連続殺人事件が発生した。警視庁の一之宮祐妃は、自らの進退を賭けて、ある者たちの捜査協力を警視総監に提案。一之宮と集められた4人の男女は、事件を解決できるのか。

鳥の森
矢月秀作

椎堂圭佑は、エリート養成が目的の全寮制高校を脱寮した少年の自殺を未然に防ぎ、立ち直らせた。だが高校にもどった少年は寮生たちに殺害されてしまう。椎堂は少年のため事件の解明に奔走するが……。